Contents

Monster Master Girl

~Green-eyed girl~

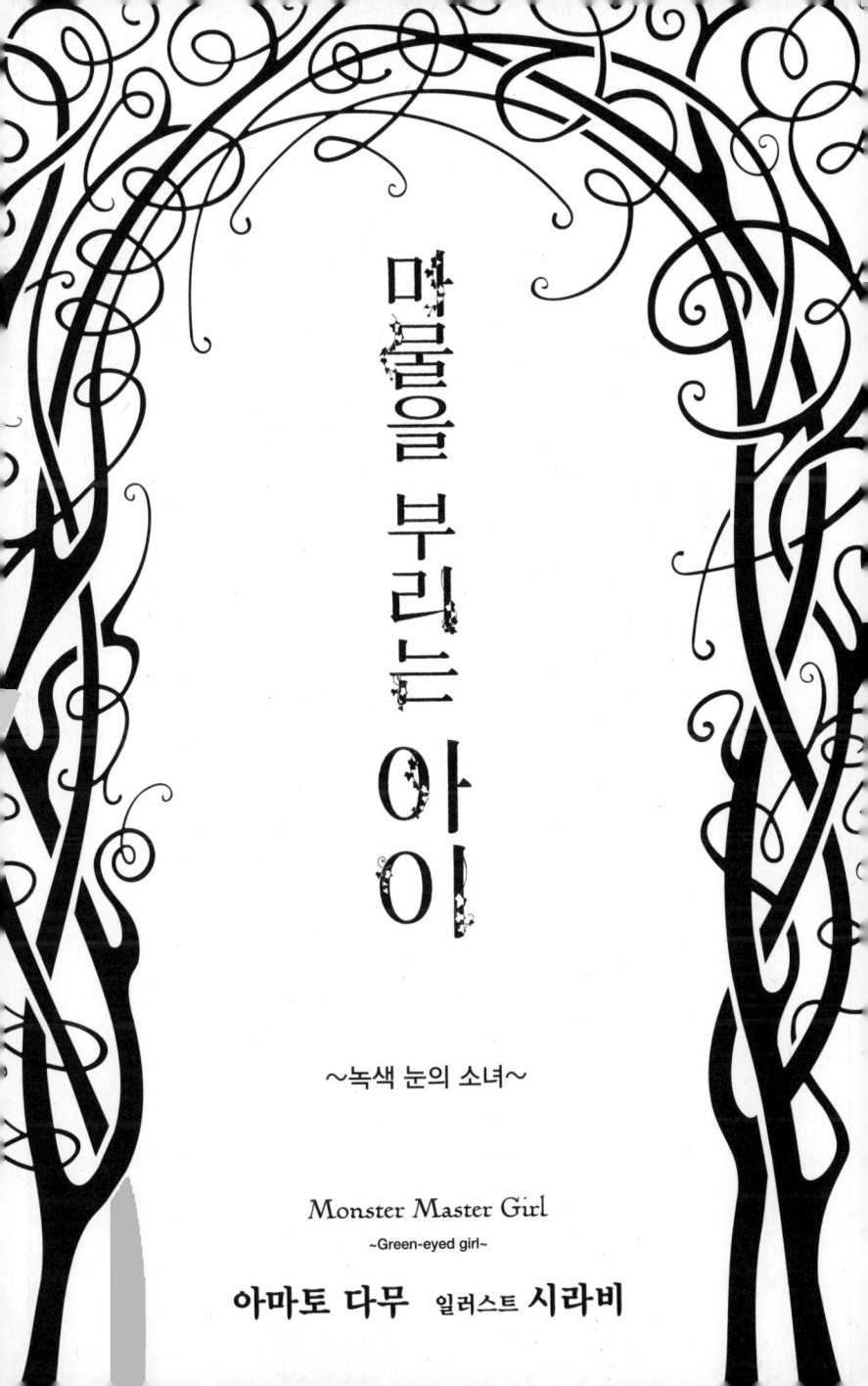

마물을 부리는 아이

~녹색 눈의 소녀~

Monster Master Girl
~Green-eyed girl~

아마토 다무 일러스트 **시라비**

프롤로그 만난다는 것

하늘은 맑은데 나무 사이로 햇빛이 거의 들지 않는 깊은 숲속.

가보인 지팡이로 무성한 수풀을 쳐내고, 때로는 가지를 걷어내며 아씨는 걸어갔다.

"이토록 녹음이 우거지면 먹을 것도 많고 땅굴도 많겠어요. 천적이 없는 환경에서 무럭무럭 자랐겠네요."

『흠…… 역시 희망은 없나.』

사람의 발길이 닿지않는 깊은 숲에 포장된 길이 있을 리 없었다. 하지만 거대한 생물이 **기어간** 것처럼 풀이 누워 있어서 생각보다는 다니기 편했다. 이 앞에 있을 것을 생각하면 마음은 편치 않지만.

뱀…… 그것은 바로 우리가 추적 중인 마물, 히드라다.

머리가 두 개 달린 아룡의 일종. 간단하게 설명하면 거대한 뱀이다. 길드가 확인한 바로는 이 땅에 사는 개체는 길이가 아닌 **높이**가 5미터를 넘는다고 하니까 일반적인 히드라와 비교하면 무시무시하게 크다.

심지어 히드라는 맹독과 화염이라는 두 가지 브레스를 끝없이 뿜어내는 골치 아픈 마물이다. 고작 실력이 **준수**한 수준의 모험가 네 명이 모여봤자 속수무책으로 패주할 수밖에 없었으리라.

실제로 길드의 정보에 의하면 《모험 의뢰》에 도전한 모험가 파티는 한 명이 미끼가 된 사이 다른 세 명이 도망쳐 생환했다고 한다.

　"아무도 안 오는 숲속에 살면 굳이 퇴치하지 않아도 될 텐데 말이에요."

　『인간이란 그런 생물이야, 아씨. 근처에 이상한 것이 있다는 사실만으로 공포를 느끼지. 만에 하나 도시로 나오면 대참사가 벌어지기도 하고.』

　"이번 사건으로 인간을 적으로 인식하면 그렇게 될지도 모르겠네요."

　『그건 그거대로 심각한 이야기군…….』

　"처음부터 자극하지 않으면 될 텐데. 이 숲에서 뭔가 특별한 게 나는 것도 아니잖아요."

　인간의 생각은 정말로 모르겠다고 아씨는 중얼거렸다.

　거의 한 시간을 걷다 보니 넓게 트인 장소가 나왔다.

　아니, 트였다는 표현이 적절할지 모르겠다.

　탄내가 코를 찔렀다. 야생에서 거칠 것 없이 자라던 초목이 흔적도 없이 불타버렸다. 위에서 본다면 마치 뻥 뚫린 동굴 같을 것이다.

　"앗."

　아씨가 소리를 냈다. 내게도 보였다.

　한 청년이 땅에 쓰러져 있었다. 온몸이 피투성이고 오른팔은 팔꿈치 아래가 없었다.

우리가 찾던 **것**은 그 맞은편에 있었다.

몸통의 폭만 1미터 가까이 되는 두꺼운 뱀. 틀림없이 히드라였다.

이 녀석이 움직이지 않는 이유는 목 윗부분이 없기 때문이었다.

옆에는 눈을 크게 벌린 채 죽은 히드라의 머리가 세 개나 떨어져 있었다. 전부 성인 한 명을 통째로 삼킬 만한 크기였다.

"공멸, 했을까요."

『그렇겠지. 전사 혼자 싸운 것만으로도 대단하지만…… 결국 쓰러졌나.』

아씨는 그 청년 옆에 쭈그려 앉아 검사하기 시작했다.

상태는 심각했다. 피부는 독액에 녹아내렸고 찰과상과 화상으로 몸에 멀쩡한 곳이 없었다.

사라진 오른팔은 주변을 잠깐 돌아보자 근처에 떨어져 있었다. 단면이 이빨 모양과 일치하므로 아마 물어뜯긴 듯했다.

"음, 어떻게 하죠?"

『우리만으로는 장사를 치르기 힘들어. 유품만 가지고 돌아가면…….』

"그게 아니라, 못 본 척하고 공적을 가로챌지 묻는 거예요."

『그렇게까지 악독한 아이로 키운 적은 없어, 아씨!』

어처구니없는 소리를 했다.

전사가 문자 그대로 목숨과 맞바꿔 얻은 성과였다. 하다못해 이것만이라도 보고하는 것이 도리 아닌가.

"……그러네요. 그만두죠."

내 설득이 통했다고는 생각하지 않았다. 아씨는 그렇게 말 잘 듣는 아이가 아니다.

아씨가 청년의 시체를 손가락으로 콕 찔렀다.

그 몸이 움찔거렸다.

……시체가 아니다.

『아씨, 이건…….』

척 보기에도 귀찮은 얼굴로 아씨는 한숨을 푹 쉬었다.

"무사히 구할 수 있으면 좋겠는데, 운에 달렸네요."

◆

"……으."

오랜만에 악몽을 꿨다.

기적적으로 비명은 지르지 않았지만, 사실 지를 여유조차 없었다고 봐야 한다. 몸에 힘이 하나도 들어가지 않았고 꿈속보다도 목이 아팠다. 아니, 현실의 감각이 꿈속까지 이어졌던 것일까.

기억이 맞다면, 그래, 나는 동료들과 비정상적으로 성장한 히드라를 퇴치하러 왔다.

하지만 예상하지 못한 사태가 연이어 터지면서 사전에 세운 전략, 전술이 무용지물이 됐다. 최악의 사태, 즉, 전멸만은 피하기 위해서 동료가 도망칠 수 있게 내가 적을 막고 있었는데…….

"……큭."

생각이 거기까지 이르렀을 때, 강한 불쾌감이 들어 인상을 찌푸렸다. 오른팔 팔꿈치 부분에서 기분 나쁜 감촉이 전해졌다.

철벅, 철벅…… 질척거리는 무언가가 달라붙어 있다……. 연푸른색의 그것은 팔꿈치 주변을 삼키듯 감싸고 있었다.

"으…… 스, 슬라임……?!"

의식을 잃어서 저항할 방법도 없었다고는 하나…… 웃어넘길 수 없는 상황이었다.

지금은 많은 도시에서 편리한 가축으로 사육되는 슬라임이지만…… 야생종은 매우 사납고 게걸스럽다.

놈들은 뭐든지 녹여서 먹으며, 액체와 고체의 중간 성질의 유동적인 몸을 가졌다.

물리 공격은 거의 통하지 않고, 무기로 공격하면 그 무기까지 녹여 먹는다.

금속마저 소화하는 녀석들이다. 살점에 불과한 인간이라면 환장해서 달려들 것이다.

유일한 약점은 핵, 코어라고 불리는 부위인데, 이것도 파괴하기는 쉽지 않다. 반쯤 유체인 탓에 칼로 베거나 찔러봤자 의미가 없기 때문이다.

가장 단순하면서도 최선의 대처법은 마도사가 쓰는 불이나 얼음이지만, 지금은 나 혼자밖에 없다.

슬라임이 달라붙은 자의 말로는 비참하다는 말로밖에 설명할

15

수 없다. 산 채로 서서히 피부와 살, 뼈가 녹아내리고, 그 상처로 슬라임이 침투해 몸을 안쪽부터 먹어 치운다.

연금술사들에 의하면 이 녀석들의 몸을 형성하는 점액질에는 사냥감을 가급적 신선한 상태로 잡아먹기 위해 미량의 마취 성분과 지혈 성분이 포함되어, 먹잇감은 녹아내리면서도 죽지 못한다고 한다. 그야말로 생지옥이 따로 없다.

운 좋게 머리에 달라붙는다면 고통의 시간은 길지 않겠지만, 지금처럼 다리나 배의 상처에 달라붙었고 마법에도 기댈 수 없다면 남은 방법은 하나뿐이다.

먹히는 부위를 통째로 절단한다.

그것이 최악의 상황에서 고를 수 있는 유일하고 합리적인 최선의 방안이었다.

나는 실제로 신체 일부를 잃으면서까지 살아남은 동업자를 알고 있었다.

"……젠장."

……최선책을 안다고 바로 실천할 수 있다면, 얼마나 편할까.

오른팔을 잘라서 살아남아봤자 모험가로서는 죽은 것이나 다름없다.

……하지만 나에게는 더 근본적인 문제가 있었다.

기력을 전부 소진해 움직일 힘조차 남아있지 않다는 것이었다. 오른팔을 자를 각오가 있어도 정작 중요한 칼이 없고, 만약 있더라도 칼을 쥘 힘이 없었다.

양손 모두 손끝을 살짝 움직이는 게 고작이었다.

『흠, 드디어 신경이 이어졌나.』

그때, 낯선 목소리가 들렸다. 낮고 무겁게 울리는 남자 목소리였다.

『하지만 아직은 움직이지 않는 편이 나아. 체력을 조금이라도 아끼는 게 현명해.』

"……누구야, 누가…… 아니, 누구든 상관없어. 오른팔을, 잘라……."

이제 그자가 슬라임을 어떻게든 해주길 기도하는 수밖에 없었다. 어디 있는지 보이지 않지만, 환청이 아니라면 틀림없이 이곳에 누군가 있다.

하지만 돌아온 것은 예상치도 못한 답변이었다.

『허튼소리 하지 마라. 기껏 이어줬더니만, 내 사흘간의 노력을 물거품으로 만들 셈인가?』

"……뭐?"

그 말을 듣고 겨우 머리에 피가 돌기 시작했다.

맞다, 애초에 내 오른팔은 히드라에게 **뜯기지 않았던가**.

그 순간, 팔꿈치 앞부분이 사라지던 때의 감각이 되살아났다.

동시에 그 감각은 왜 지금 오른팔 감각이 남아있고, 손끝이 움직였냐는 의문으로 바뀌었다.

『조급한 심정은 이해하지만, 앞으로 이틀은 누워있어라, 애송이.』

내 오른팔에 붙어서 꾸물거리는 슬라임.

……목소리는 거기서 들렸다.

"뭐—?"

의문이 초조함으로 바뀌고, 초조함이 혼란으로 바뀌었다.

"아오, 일어났어요?"

그렇게 뇌 용량을 초과해 사고가 완전히 정지했을 때, 수풀을 헤치고 나타난 그 녀석을 보고—.

"으아아아아아아아아아아아아아아아아아!"

"꺄아아아아아아아아아아아아아아아아아?!"

나는 반사적으로, 소리를 지르고 말았다.

예상하지 못한 절규에 상대방도 덩달아 비명을 질렀다. 난장판이었다.

엉덩방아를 찧고 나를 원망스럽게 노려보는 것은 설탕으로 만든 실을 묶은 듯 반짝거리는 금발을 가진 젊은 여성이었다.

"감사 인사는 얼마든지 들어줄 준비가 되어 있었지만, 설마 비명을 지를 줄은 생각도 못 했네요."

토라진 표정을 지은 여자가 능숙하게 요리를 시작했다.

극단적으로 달거나 쓴맛과 산미가 너무 강해 합리성을 중시하는 모험가 사이에서도 웬만하면 먹기 싫다고 유명한 과일이었다. 난감하게도 영양가는 많고 독도 없어서 비상식량으로 적절하지만.

여자는 그것들을 나이프로 잘게 썰어 소형 냄비에 넣고 가열했다. 잠시 기다리자 수분이 빠져나와 졸아들었다.

"······말을 못 한다면 안 해도 되지만요."

여자는 내가 대꾸하지 않아 못마땅한지, 냄비를 저으면서도 나를 힐끔힐끔 노려봤다.

곧 냄비에서 은은한 단내가 퍼졌다. 과육은 전부 녹아내려 걸쭉한 수프로 변했다.

여자는 그것을 그릇에 담고 나무 스푼으로 떠서 내게 내밀었다.

"자, 아 하세요. 아~."

"······큭."

스푼으로 뜬 과일 포타주를 입으로 가져왔다. 이런 굴욕이 또 있을까.

그보다 펄펄 끓던 것을 얼굴에 들이대서 뜨거웠다.

잠시 음식을 거부하자 여자는 표정보다 더 불쾌한 기색으로 한 발 물러서고는 일단 스푼을 그릇에 내려놨다.

"······너희."

그것을 보고 슬슬 상황을 정리하고 싶어서 내가 입을 연 순간—.

"에잇!"

"대체 누왓뜨?!"

이때를 노린 것처럼 입에 스푼을 쑤셔 넣었다. 고온에 점도 높은 액체가 입속을 채웠는데 뱉고 싶어도 턱을 붙잡혀 수프가 목을 타고 넘어갔다.

"크아아아아아아아아!"

"에잇, 에잇, 에잇."

애초에 몸이 움직이지 않아서 그 후에는 주는 대로 받아먹는 신세가 됐다.

식으면 식은 대로 달고 시고 떫은 맛이 오묘하게 뒤섞인 특유의 맛이 살아났다. 입천장 화상과 혀 고문이라는 양자택일 속에서 고통받던 나는 그릇이 빌 즈음 저항할 기력을 완전히 잃어버렸다.

영양을 보충했을 텐데 기운이 더 **빠져버린** 나를 바라보며 여자는 여전히 못마땅한 표정이었다.

"당신이 처음으로 할 말은 구해주셔서 감사합니다, 라고 생각하는데요?"

"내가 지금 당한 건 고문 아니었나……?"

"백 보 양보해서 고문이었다고 해도 오른팔을 치료하고 식사도 떠먹여줬잖아요."

"으…….."

그건 그렇다……. 객관적으로 보면 나는 『구조』되었다.

다만, 상황이 상황인지라 순순히 인정하기 힘들었다. 이 녀석들의 목적도 모르겠고. 그, 고문하는 포로를 죽이지 않으려고 목숨만 살려두는 경우도 있다고 하고…….

"누구냐고 물었죠? 우리는 《퀘스트》를 받고 왔어요."

그러면서 여자는 자기 그릇에 담은 과일 포타주를 떠먹더니 웩, 하고 혀를 **빼물며** 인상을 찌푸렸다.

……보면 볼수록 **어울리지 않는** 여자였다.

오른손에 《비휘석》이 있으니까 틀림없이 모험가일 텐데 그녀의 넉넉한 로브는 좋은 옷감에 금실을 정교하게 수놓은, 귀족 아가씨가 입을 법한 물건이었다. 어깨에 걸친 케이프도 마찬가지였다.

여행자가 입을 옷도 아니거니와 전투용 옷도 아니었다.

신체 능력이 떨어지는 마도사라도 마물 서식지에 들어갈 때는 안쪽에 가죽 갑옷 정도는 입는다.

낙엽이나 먼지도 묻지 않았으니까 아마 겉모습을 유지하기 위한 마법이나 비슷한 효과가 있는 특수한 옷감을 썼을 것이다. ……이 의복만으로 어마어마한 값어치가 있지 않을까.

"무모하게 히드라에게 덤빈 4인 파티가 한 사람을 버리고 만신창이로 길드에 귀환했어요. 그래서 현지에서 무슨 일이 있었는지 조사하고 가능하면 유품을 챙겨 오라는 《퀘스트》가 내려왔죠."

내가 관찰한다는 사실을 깨달았는지, 여자는 노려보듯 눈살을 찌푸렸다.

그 파티는 틀림없이 우리였다. 그러니까 이 여자는 패주한 우리 파티에 무슨 일이 있었는지 조사하러 온 것이다.

……일단 동료들이 무사히 돌아갔다는 소식에 한시름 놓았다.

"……히드라 서식지에 너 혼자 왔다고?"

"혼자가 아니에요. 아오가 있잖아요."

내 질문에 여자는 내 쪽을 가리키며 대답했다.

지금도 내 오른팔 팔꿈치에는 파란 슬라임이 붙어 있었다. 그 반투명한 몸 안쪽으로 아직 절단면이 드러나 있었다.

"이것도 머릿수에 넣어……? 만약 히드라가 살아있으면 어쩔 셈이었지?"

만약이라고 말했지만, 그럴 가능성이 훨씬 큰 상황이었다.

『문제없어. 만약 히드라가 살아있었어도 아씨의 적이 아니야.』

대신 입을 연 것은 그 슬라임이었다. 입이라고 부를 부위는 안
보이지만.

슬라임이 말하는 현상 자체도 따져서 묻고 싶다…….

"뭐? 미리 말해두는데, 평범한 히드라가 아니야. 꼬리 끝에도
머리가 달렸다고……. 그 자식, 삼두였어."

우리도 히드라에게 속수무책으로 당하지는 않았다. 두 머리가
어떻게 움직이고 뭘 할지 제대로 파악하며 싸웠다.

다만…… 꼬리에서 뻗은 세 번째 머리를 예상하지 못했다. 놈은
영악하게 싸움이 시작되고 얼마간은 숨죽이고 있다가 치명적인
타이밍에 기습을 했다.

후방을 맡은 궁수와 마도사가 맹독 브레스를 뒤집어썼고, 지원
이 끊겨 전열을 유지하지 못한 결과가 이 꼴이었다.

"아, 돌연변이였나요."

『그렇다면, 네 명으로는 역부족이었겠군.』

……두 사람(?)은 크게 놀라는 기색도 없었다. 술집에서 최근
오지 않는 모험가가 결혼해서 은퇴했다는 이야기를 들었을 때처
럼 싱거운 반응이었다.

『그건 그렇고 너는 그 머릿수에 포함하지 말라는 슬라임에게 치
료받고 있다. 조금은 경의를 표할 수 없나?』

슬라임 본인이…… 본인이라고 해도 될지 모르겠지만…… 말했다.

『내 체질을 세포 분열 촉진 작용이 있는 배양액으로 변화시키고 꼬박 사흘간 불필요한 세포를 먹으며 환부를 살균 소독했어. 내가 너를 위해서 이토록 힘썼건만…….』

발성 기관이 보이지 않지만, 분명히 목소리가 들렸다.

술집에서 다른 사람에게 이야기하면 내가 미쳤다고 생각하지 않을까.

『우리가 없었으면 지금쯤 너는 히드라가 없어진 것을 알고 영역을 차지하러 온 마물들한테 잡아먹혔겠지. 좀 더 감사할 줄 알아라, 감사할 줄.』

그렇게 말하면 반론이 나오지 않는다. 과정이 어떻든 이 녀석들은 실패한 우리의 뒤치다꺼리를 하러 왔다.

사실 경계할 이유가 없었다. 즉, 이건 단순한 고집이었다.

이 녀석들이 누구건, 무슨 꿍꿍이가 있건, 지금의 나는 저항할 수 없다. 무슨 짓을 당할 거면 진작에 당했을 것이다.

"그럼 몇 가지 확인하고 싶어요."

여자는 도구 주머니에서 접힌 갈색 용지를 꺼냈다. 길드가 《퀘스트》를 낼 때 사용하는 종이로, 쓸데없이 튼튼해서 불태우든 물에 넣든 변화가 없다.

"키 170센티, 눈동자는 붉은색, 머리는 백발—."

내 신체 특징— 길드에 등록한 개인 정보를 나열하며 하나하나 대조했다.

"그나저나 백발은 특이하네요. 붉은 눈동자도 동방 대륙^{트미트아}에서나 보이는데."

"……외모 이야기는 하지 마."

"어머, 제가 무례했네요. 그럼 성함을 여쭤도 될까요? 이렇게까지 했는데 찾던 사람이 아니라면 너무 슬프니까요."

독단이 가장 무서운 법이다. 대체로 큰 문제는, 당연히 그렇겠거니 하는 일방적 추측이 쌓여 발생한다. 특히 중요한 순간에.

나도 모험가니까 그 정도…… 본인 확인의 의의 정도는 이해한다.

이해하지만, 말하기 싫은 것도 있는 법이다.

"……하크라."

"출신지명^{홈 네임}은요?"

일부러 말하지 않은 부분, 그 사람이 어디서 태어났는지 알려주는 출신지명을 물어봐서 나는 혀를 찼다.

길드는 정규 명칭 등록을 중시하므로 용지에는 내 풀네임이 적혀있을 것이고, 사실 숨길 의미도 없었다. 단순한 습관과, 나쁜 버릇이었다.

그저 내 이름이 진절머리나게 싫을 뿐이었다.

나는 마지못해 다시 말했다.

"……하크라 이스티라."

『흠? 이스티라…… 서쪽 마녀의 감옥인가. 제법 특이한 곳에서 왔군, 애송이.』

내 출신지명…… 모험가가 되고 지금까지 최대한 숨겨왔던 그것을 구체적으로 언급한 것은 이 슬라임이 처음이었다.

『인간을 길러 제물이나 도구로 쓰는 마녀는 많지만, 그 외양간을 도시 규모까지 키운 자는 얼마 없지. 인간 고치 세리세리세, 고독 성채 카넬리, 흑양 이스티라. 하나같이 최악의 마녀라고 불려도 손색이 없는 악마들이야. 용케 새장에서 빠져나왔군, 애송이.』

"······굉장히 잘 아는군."

남에게 말하고 싶지 않은 출신 이야기를 이렇게 자세하게 들을 줄은 몰랐다. 그것도 점액질 생물에게.

『그렇게 노려보지 마. 딱히 떠들고 다닐 생각은 없어. 보통 인간이라면 모를 테고, 그걸 숨기려는 네 판단은 옳아.』

"······젠장, 그러는 네 이름은?"

"네?"

어리둥절, 아니, 얼떨떨한 얼굴이었다.

귀엽게 고개를 까딱거린 모습이 너무 잘 어울려서 화가 났다.

"뭐야, 그 질문은 전혀 예상하지 못했다는 얼굴은! 네 이름 말이야!"

"전혀 예상하지 못했어요······."

"맞고 싶냐, 너!"

"네~? 너가 아니라서 안 들리네요~! 저도 이름이 있거든요~!"

"그러니까 그 이름을 말하라그아아아악!"

『소리치지 마라, 애송이. 그리고 소리치게 하지 마, 아씨.』

소리친 충격으로 몸 전체에 통증이 퍼졌다. 부르르 떠는 나를 보고 이 여자는 「아, 너무했나」라고 중얼거렸다.

"장난이에요, 장난. 이쪽은 아오, 제 여행의 길동무예요."

어렴풋이 알고는 있었지만, 대화의 맥락상 아오란 이름은 이 슬라임 같았다.

고유한 이름을 갖고 인간의 언어를 이해하는 것도 모자라 보통 사람은 알 리 없는 마녀의 도시에 관해서도 알고 있으며 자기 의지로 나를 치료하는 이 녀석을 슬라임으로 분류해도 된다면.

"네 이름은?"

"비밀이에요."

검지를 입술 앞에 세우고 찡긋 윙크했다.

빠직.

몇 초 후, 여자의 얼굴이 딱딱해졌다. 내 표정 변화를 보고 정말로 화가 났다고 깨달은 모양이었다.

"아니에요아니에요, 일단 진정하세요. 순서라는 게 있잖아요."

"내가 지금 해야 할 일은 너를 두들겨 패서 묻어버리는 거야."

"그 몸으로 그랬다가는 정말 죽어요!"

"너를 없앨 수 있다면 만족해."

"그 정도의 역린이에요?!"

거듭 말하지만, 나는 내 이름을 싫어한다. 입에 담기도 싫다.

그래도 사정이 사정인지라 말할 수밖에 없었다. 그건 어쩔 수 없다.

하지만 그러고 나서 자기 이름은 밝히지 않는 건방진 녀석을 용서할 수는 없었다. 목숨을 구해줬다고 놀려도 되는 것은 아니다.

정말로 자리에서 일어날지도 모른다고 생각했는지, 여자는 식은땀을 뻘뻘 흘리며 말했다.

"출신지명은 린그린. 아는 사람들은 보통 린이라고 불러요."

"……린그린?"

"네. 어디선가 들어보지 않았나요?"

여자…… 자칭 린은 득의양양하게 가슴을 폈다. 하지만…….

"알기야 알지. 그래도 옛날이야기잖아?"

그건 형태는 다를지라도 어느 대륙, 어느 지방에나 전해지는 동화 속 주인공이자…….

"린그린의 마녀라는 건."

세계에서 유일하게 선량했던 마녀, 라고도 불린다.

『옛날이야기가 아니야. 아씨는 린그린의 직계 자손, 아득한 남녘땅에 사는 태초의 마녀의 후계자다.』

아까부터 내가 분노에 빠지려고 할 때마다 은근슬쩍 오른팔을 조이던 슬라임이 입(은 보이지 않지만)을 열었다.

『그런 연유로 나는 아씨의 권속이다. 용을 부리던 마녀의 자손이 슬라임 한 마리 부리지 못할 리 없지.』

"……."

린그린.

처음 이 세계에 나타난, 태초의 마녀.

그녀는 검은 용이 낳은 사악한 생물들, 『마물』을 말로써 무릎 꿇리고, 이끌고, 거느렸다. 그리고 강대한 푸른 용의 가호를 받아 함께 검은 용을 무찔렀다……. 어릴 적 동화책에서 보거나 음유시인이 술집에서 들려준 이야기를 식사하며 들은 정도라서 자세한 내용은 기억나지 않는 수준이었다.

"지어낸 이야기 속에서만 듣던 이름이야."

"어휴, 귀가 많이 안 좋으신가 보네. 사실 지금 제가 하는 말도 안 들리는 거 아니에요?"

"이 타이밍에 왜 시비를 걸어?"

"제 이름을 듣고 그렇게 반응한 사람이 당신으로 벌써 368명째니까요."

"그걸 다 외워?"

이 여자, 내 생각보다 훨씬 집요한 성격인지도 모르겠다.

"그리고."

린은 눈을 가늘게 찌푸리고 나를 빤히 노려봤다.

"대화할 때는 똑바로 얼굴을 보고 말하세요."

나는 그 말을 무시하고 눈을 돌려버렸다.

이상한 집념이 느껴진다. ……솔직하게 말하면 무섭다.

일단 이름을 말할 생각은 없는 듯했다. 그렇다면 나도 믿을 수 없다고 결론 내릴 수밖에 없었다.

물론 신경 쓰이는 여자이기는 하지만…….

"······그럼, 린그린."

"아는 사람들은 보통 린이라고 불러요."

"······린그린, 너."

"린, 이라고 불러요."

"······린."

몇 초간 눈싸움을 하다가 내가 꺾였다. 뭐지, 이 굴욕감은.

『아씨, 즐거운 담소 중에 미안하지만.』

문득 슬라임(이름을 알아도 왠지 고유명사로 부르기가 너무 싫었다)이 말했다.

"네?"

『손님이 오신 것 같군.』

"큭?!"

이 시점에서— 나는 자신이 얼마나 지쳤고 주의력이 산만해졌는지 알았다.

그 말을 듣고 귀를 기울이자 확실하게 들렸다. 마른 나뭇잎을 밟는 작은 소리, 목 안쪽에서 올라오는 숨길 수 없는 으르렁거림, 물방울이 뚝뚝 떨어지는 소리.

우리가 눈치챘다고 상대도 눈치챘을 것이다. 기척을 숨기지도 않는다······. 젠장, 느낌상 열 마리 가까이 되겠는데.

"······하필이면."

내가 중얼거린 그때, 그 녀석들이 모습을 드러냈다.

마을에서 기르는 개와는 비교가 되지 않는, 2미터를 넘는 거대한 체구.

발톱은 길고 이빨은 그보다 더 날카롭다. 두 눈이 형형히 빛나는 머리는 무슨 우연인지 히드라처럼 두 개.

"쌍두 늑대……!"
_{오르트로스}

마소의 영향으로 마물로 변한 늑대가 우리를 빙 둘러쌌다.

목부터 갈라진 두 머리가 네 개의 눈으로 우리의 몸을 구석구석 훑어 내렸다.

슬라임이 걱정한 대로 나와 히드라가 싸운 뒤의 피 냄새를 맡고 마침내 찾아온 것이다.

만전의 상태에서 장비를 갖추고 있어도 이 머릿수는 꽤 벅차다.

그런데 지금은 무기도 없거니와 몸도 움직이지 않았다……. 린은 아무리 봐도 최전선에서 적을 붙잡아 두는 역할이 아니었다.

모험가인 이상 싸우지 못할 리는 없겠지만, 후방 담당이라는 것은 장비만 봐도 알 수 있었다. 사방에서 달려들면 대처할 수 없으리라.

"……당장 도망쳐."

"네?"

"내가 먹힐 동안 최대한 멀리."

저항하며 도망치는 사냥감과 저항은커녕 움직이지도 못하는 사냥감.

몇 마리는 내 쪽에 붙을 것이다. 나머지는 직접 대처해야겠지만, 이곳에서 둘 다 잡아먹히는 것보다는 낫다.

물론 소란을 듣고 다른 마물이 또 찾아오지 않으리라는 보장은 없지만…….

"네? 하크라, 잡아먹히고 싶어요?"

사람이 결사의 각오로 꺼낸 말에 린은 또 어리둥절하게 고개를 갸웃거렸다. 이 상황에서도 농담 같은 소리나 하고 있다.

"내가 미끼가 되는 사이에 도망치라고! 말귀 좀 알아들어! 오르트로스가 어떤 마물인지도 모르냐!"

"흥, 누구한테 하는 소리예요?"

그 얼굴에는 위기감이 전혀 없었고 동요하지도 않았다.

다급한 나만 이상한 사람 같았다.

『가만히 지켜봐라, 애송이.』

그 의문에 답한 것은 오른팔에서 들린 목소리였다.

『이상하지 않나? 아씨가 어떻게 이 깊은 숲까지 와서, 어떻게 네가 먹을 것까지 구했다고 생각하지?』

"……뭐?"

히드라의 서식지에서 궤멸한 모험가 파티의 사후 조사 의뢰.

길드가 여자 한 명에게 그런 일을 맡길 리 없었다.

린은 우리를 포위한 오르트로스 중 가장 큰 녀석…… 아마 무리의 대장에게 아무 경계도 없이 다가갔다.

"저, 저 멍청이가!"

거기에 맞춰 오르트로스가 움직였다.

눈을 깜빡인 직후에 그 가느다란 목이 물어뜯기고 있어도 이상하지 않다—.

"헥헥헥헥헥헥헥."

"……응?"

그렇게 생각했는데.

……믿을 수 없었다.

오르트로스는 흉악한 마물이다. 육식성에 사나운 성격, 무리 지어 사냥하는 타고난 사냥꾼.

무방비한 인간 따위 고깃덩어리일 뿐이다. 심지어 놈들의 눈앞에 있는 것은 젊은 여자의 부드러운 살이었다. 다른 곳에는 눈길도 주지 않고 달려들 만찬일 텐데.

"옳지, 착하네요."

그 오르트로스가 집 지키는 개처럼 머리를 내밀고 쓰다듬는 손길을 받아들이고 있었다. 기분이 좋은지 눈을 가늘게 뜨고, 입가에 다가온 손을 혀로 핥기까지 했다.

『아씨는 온갖 마물을 부리던 태초의 마녀 린그린의 직계 자손이자 정통 후계자…… 다시 말해「마물을 부리는 아이」다.』

슬라임은 자랑스럽게 말했다.

『마물은 아씨의 적이 아니야. 순종적인 권속이지. 세상의 마물들은 아씨에게 복종해. 나는 물론이고 굶주린 오르트로스도, 보이는 대로 먹어 치우고 살이 오른 돌연변이 히드라도.』

오르트로스 대장이 한 번 짖자 우리를 둘러싼 무리가 발길을 돌려 썰물처럼 떠나갔다. 불과 몇 분 전의 긴장감이 꿈이었던 것처럼 정적이 돌아왔다.

"히드라가 사라진 걸 확인하러 왔나봐요. 이미 죽었으니까 영역을 차지하고 싶으면 마음대로 하라고 전하니까 기뻐하네요."

대수롭지 않은 일처럼 돌아온 린은 웃으면서 설명했다.

"전한다고? 무슨 마물이랑 대화라도 한 것처럼—."

"물론, 평범한 사람은 못 하죠."

그제야 이 여자가 홀로 이곳까지 올 수 있었던 이유를 이해했다.

히드라가 살았건 죽었건 상관없었다. 애초부터 공격당할 리 없고 의뢰는 사건의 경위와 모험가의 말로 조사였다.

이 여자는 내가 죽었다고 전제하고, 처음부터 **당사자인 히드라에게 이야기를 들을 생각**이었나.

"하크라가 움직일 수 있을 때까지 여기 있어도 된대요. 잘됐네요~. 쟤네가 말이 통하는 애들이라서."

린은 활짝 웃어 보였다. 정말 난감하게도, 얄미울 만큼 아름답고 사랑스러운 표정이었다.

"자, 이제 저한테 할 말이 있지 않나요?"

린은 내가 의식적으로 보지 않으려고 돌리고 있던 얼굴을 잡아 자기 쪽으로 확 돌렸다.

눈이 맞았다. 빤히 나를 들여다보는 눈동자는 맑은 녹색이었다.

햇빛을 받아 나뭇잎에서 떨어진 아침 이슬이 딱 이런 색이리라.

보석보다 반짝거리고 투명하며 바라본 자의 마음을 **빼앗는**, 세상에 하나뿐인 에메랄드색.

처음 린을 인식한 그때부터 아마 이것을 보면 내가 **진다**고 생각
해서 보지 않으려고 했었다.

린이 무슨 짓을 해도 전부 용서하고 두 팔 벌려 그 변명을 들어
주고 말 테니까 보고 싶지 않았다.

"……거참, 고맙네."

"와, 이렇게 성의 없는 감사도 오랜만에 듣네요……."

린은 어이없어하며 내 얼굴을 놔줬다.

『아씨, 알면서 하는 거지?』

"그렇죠, 뭐."

그러고는 즐거운 듯 후후 웃었다.

"제 눈동자, 예쁘죠? 반했어요?"

아무래도 이 여자는 자기 매력을 잘 아는 모양이었다.

몸만 마음대로 움직이면 때려눕히고 싶건만.

어쨌든 나와 린의 만남은 목숨을 빚지고 일방적으로 간호를 받
는 것으로 시작됐다.

제1장 산다는 것

Monster Master Girl

~Green-eyed girl~

살기 위해 먹는다. 모든 생명, 만물이 당연하게 하는 행위다.

낳기 위해 산다. 모든 생명 활동은 결과적으로 생명의 바통을 잇기 위한 과정이다.

운이 나쁘고 시기가 좋지 않아 그것을 남 탓으로 돌리지 않고는 배길 수 없었다.

그러니까 이번 사건은 그 누구의 탓도 아닐 것이다.

○

"하아……."

"그, 그렇게 낙담하지 마세요!"

아씨의 앞에 앉은 애송이는 보는 사람이 불편해질 만큼 어깨를 늘어뜨리고 낙담해 있었다.

"회복하느라 시간도 걸렸고, 길드도 살아있을 줄 몰랐을 거예요. 저도 잡아먹혔을 거라고 생각했을 정도니까요. 어쩔 수 없는 일이죠. 안 그래요?"

어찌나 낙담했는지, 짧은 인생 속에서 배려 따위 손으로 헤아릴 만큼밖에 하지 않은 안하무인의 화신인 아씨가 필사적으로 말을 골라 위로할 정도였다.

"린."

"네."

"당장 입을 다물든지 죽어줘……."

"선택지가 너무 잔인하지 않나요!"

애송이가 의식을 되찾은 후, 일어나서 움직이게 될 때까지 닷새가 더 걸렸다.

그렇지만 이건 겨우 닷새 만에 회복한 애송이가 대단한 것이다. 아직 젊은 전사인데 《스피어》가 잘 융화한 모양이다.

거기서 더 시간을 들여 우리는 애송이의 거점인 에스마로 막 복귀했다.

동료와 합류하러 간 애송이를 기다린 것은 『살아있을 줄 몰랐다, 사망 등록을 취소하겠다』라는 길드의 사무적 대응과 『당신 동료들은 이미 에스마를 떠났다』라는 절망적 통보였다.

······그 히드라를 상대로 홀로 맞섰고, 정령주가 한 바퀴 돌아도 복귀하지 않았으니 누구든 살아있다고 생각하지 않은 것이다. 아씨조차도 《퀘스트》를 받은 시점에서 생존 확률은 절망적이라고 예상했다.

무엇보다 애송이는 동료를 살리려고 용감하게 적에게 맞섰지만, 반대로 말하면 다른 파티원은 동료 한 명을 버리고 염치없이 도망쳤다고 볼 수 있었다. 평판이 수익에 직결하는 모험가로서 이 도시에 계속 머물기는 어려울 수밖에 없다.

그렇다면 신천지를 찾아서 여행을 떠나는 편이 합리적이다.

"아이참, 그렇게 죽은 리빙 데드처럼 굴면 저도 기운이 빠진다고요. 어디로 갔는지 몰라요?"

"리빙 데드는 이미 죽었잖아······."

애송이는 군이 농담을 걸고넘어지면서 머리를 긁적였다.

"음…… 돈이 모이면 항구까지 진출하자는 이야기는 있었어. 하지만 그쪽은 경쟁도 심하고, 우리는 전열 두 명이 후열을 지키는 파티야……. 나 없이 어떻게 싸울 생각인지 솔직히 모르겠어."

"벌써 새 전열을 구했을지도 모르잖아요."

"너 진짜 맞을래?"

"꺄아, 폭력 반대~. 이 자리는 제가 살 테니까 마음대로 주문하세요. 아, 여기요. 똑같은 거로 주실래요?"

아씨가 말을 건 건 흰 앞치마를 입고 일하던 **이족보행 개**였다.

그 개 마물…… 코볼트가 귀를 쫑긋 세우고 종종 걸어왔다.

코볼트는 오르트로스와 같은 개과 마물이라고 생각할 수 없을 만큼 애교 있는 얼굴로 낑낑 울더니 테이블에 전표를 놓고 서둘러 주방으로 돌아갔다.

"……저것들, 인간의 언어를 알아듣나?"

"대강은 알겠죠. 코볼트는 영리하니까. 제대로 교육하면 어느 정도 소통이 가능해요."

마물은 마소가 없는 곳에서 살 수 없다. 인간은 마소가 많은 곳에서 살 수 없다.

요컨대 인간의 서식지와 마물의 서식지는 확실하게 나뉜다. 하지만 코볼트를 비롯한 『약한 마물』 중에는 마소가 적어도 살아갈 수 있는 종이 있어서 간혹 인간과 공존하기도 한다.

인간이 기르는 코볼트도 그다지 희귀한 존재는 아니다. 그래도 식당에서 손님의 말을 이해하고 돈거래를 하는 것을 보아 상당히 교육을 받은 듯했다. 나한테는 못 미치지만.

그건 그렇고.

"자요, 이 스페어립 맛있어요. 배부르게 먹으면 안 좋은 일도 다 잊을 수 있을 거예요."

"……너, 그걸 정말로 위로라고 하는 거냐?"

"뭐예요, 선의의 제안을 그렇게 내치면 저도 기분 상하거든요?"

아씨의 배려심은 사막의 물웅덩이보다 얕다. 슬슬 바닥을 드러낼 때다.

하지만 애송이가 화를 내는 부분은 그게 아니었다.

"네가 내는 돈은 내가 잡은 히드라에서 나온 거잖아!"

애송이가 받았던 히드라 퇴치 의뢰는 동료들이 길드로 귀환해 실패 보고를 한 시점에서 종료됐다. 그러므로 당연히 보수도 없었다.

그리고 아씨가 받은 의뢰는 히드라의 현재 상황 확인과 홀로 남았던 애송이의 생사 확인(사실상 시체 확인)이었고, 그건 확실하게 달성했다.

즉, 돈을 번 사람은 애송이가 아니라 그를 데리고 돌아온 아씨였다.

심지어 죽은 히드라의 머리……는 너무 커서 눈알을 파내어 퇴치 증거로 제출했다.

입술에 침도 안 바르고 『중상을 입었길래 마무리했습니다. 사건을 해결했으니까 보수 내놓으시고, 특이 개체였으니까 더 얹어주세요!』라며 길드와 교섭한 끝에 애송이 파티가 받을 예정이었던 히드라 퇴치 보수의 60퍼센트를 받아낸 것이었다.

남의 공로를 가로챈 수준이 아니라 거의 강도다. 적어도 올바른 도덕성을 함양한 인간은 그러지 않는다. 그리고 아씨의 도덕성은 일반적 사회 규범과 달랐다.

"물에 빠진 사람 건져주니 보따리 내놓으라는 격이잖아요. 욕심이 과하지 않아요?"

"보따리를 가져간 범인이 그러니까 화나는 거지……."

"그래도 제가 가지 않았으면 하크라는 지금쯤 오르트로스의 뱃속에 있었을걸요? 그리고 먹을 걸 찾아가며 몇 날 며칠 헌신적으로 보살핀 사람은 저예요. 그만큼 보수를 받는 게 뭐 잘못됐어요?"

"미안한 척이라도 하라고!"

두 사람의 말다툼은 그 후로도 한동안 이어졌다. 나는 아씨가 다 먹은 스페어립의 뼈를 주기를 기대했지만, 아직은 시간이 걸릴 듯했다.

"그럼 갈까요."

식사를 마치고 아씨가 말했다.

"아, 그러셔. 잘 가라."

애송이가 지칠 대로 지친 표정으로 손을 흔들었다. 음, 이 남자는 아직 아씨의 뻔뻔함을 이해하지 못한 듯하다. 정말로 부럽다.

"무슨 소리예요? 하크라도 와야죠."

"나한테 뭘 더 바라는 거야?"

"네? 그럼 솔로로 활동하게요?"

"당연히 내가 따라갈 것처럼 말하지 말란 소리야!"

애송이의 이마에 핏줄이 튀어나왔다. 아씨는 상대방의 의사를 전혀 존중하지 않아서 대화하는 사람은 대개 이런 반응을 보인다.

"그치만 하크라, 이제 와서 다른 파티에 낄 수도 없잖아요?"

"윽……."

아씨가 직설적인 지적이 아마 정곡을 찔렀나 보다.

애송이는 뭐라고 반박하고 싶지만, 마땅히 떠오르는 말이 없는지 공연히 입만 뻐끔거렸다.

모험가는 무리를 짓는다. 보통은 네 명 전후, 최소한이라도 두 명. 규모가 큰 캐러밴이나 커뮤니티라면 수십, 수백 명 단위의 파티를 이룬다.

왜냐하면 혼자 여행하면 위험 부담이 크고, 《퀘스트》에는 당연히 위험이 따르기 때문이다. 그에 비해 여러 명이 뭉치면 다양한 문제에 대처하기 쉽고, 단순히 집단은 개인보다 강하다.

인간에게는 할 수 있는 일과 할 수 없는 일이 있다. 자신이 할 수 없는 일을 남에게 맡기고, 대신 남이 할 수 없는 일을 자신이 맡는다.

목숨을 걸고 마물과 싸우거나 미궁에 들어가 부와 명성을 얻으려는 속물들이긴 해도, 그렇기에 모험가는 철저한 합리주의자이며 효율과 실리를 추구한다.

그래서 길드도 『아씨 같은』 예외 중의 예외가 아닌 한 솔로 모험가에게는 돈이 되는(즉, 어려운) 의뢰를 맡기지 않는다. 도시에서 도시로 물건을 배달하라거나, 들개가 나왔으니까 쫓아내라거나, 성벽 밖을 순찰하라는 등 보람과 수익이 변변찮은 일밖에 받을 수 없다.

길드도 수족으로 부릴 모험가가 줄어드는 건 원치 않으므로 그런 모험가들을 분류해 파티로 맺어주는 시스템도 존재한다.

생존율과 《퀘스트》 성공률을 높이기 위해 세운 대책 중 하나다. 그렇게 맺어진 파티는 짧으면 의뢰 한 번 만에 해산하고, 길면 평생 이어지기도 한다.

하지만 애송이의 경우, 불행한 사고가 있었다고는 하나 동료들이 살아있다. 그리고 가능하면 다시 합류하고 싶어 한다.

지금 상황에서는 다른 파티에 끼기도 힘들다. 단기 파티는 합리적인 시스템이지만, 일시적 관계라서 멤버끼리 충분한 신뢰를 쌓기 어렵다. 수익 배분으로 다투거나 위험 부담에 비해 수익이 너무 적은 경우도 허다하다. 아씨는 그 약점을 정확히 이해하고 파고들었다.

"제가 앞으로 《퀘스트》를 3개 정도만 처리하고 항구로 갈 생각이거든요? 거기까지 임시 파티를 맺는 건 어때요?"

"……배분은?"

긴 갈등 끝에 애송이는 입을 열었다.

"9대1요."

"어떤 허접한 사기꾼도 그딴 조건은 안 걸어!"

그건 나도 심히 공감하는 바이다. 하지만 아씨는 계속 웃으며 말했다.

"장난이죠~. 그럼, 8대2는 어때요?"

"뭘 어떻게 타협하면 그 숫자가 타당하다는 결론이 나와?"

"그야 하크라가 없어도 제 《퀘스트》에는 지장이 없는걸요."

애송이는 말문이 막혔다.

《퀘스트》 대부분은 마물과의 전투다. 서식지에 들어가서 소재를 조달하기 위함이거나 퇴치 자체가 목적인 등 세부적인 내용은 다양하지만.

그래서 모험가는 무기를 갖추고, 기술을 연마하고, 능력을 키운 뒤 일에 착수한다. 직접 싸워서 죽이는 게 기본이기 때문이다.

하지만 아씨는 전투력과 무관하게 마물이라면 무조건 굴복시킨다. 즉, 싸울 필요가 없으며 《퀘스트》가 실패할 걱정도 없다.

마물 대처에 한해서는 아씨 한 명만 있으면 족한 셈이다. 동행자는 《퀘스트》에 도움이 되지 않으니까 당연히 나눠줄 몫도 적다.

하지만 그렇게 말하면.

"그럼 내가 따라갈 필요도 없잖아."

이럴 줄 알았다.

"저는 마물에게만 강한 거예요. 인간이 상대면 무력해요."

그리고 생각해 봐요, 라며 말을 이었다.

"저는 젊고 귀엽잖아요? 몸매도 좋고."

애송이가 어처구니없는 눈으로 아씨를 응시하다가 나를 돌아봤다.

『포기해, 애송이. 아씨는 이런 여자야.』

"······그러니까 도적이나 산적이 나오면 지켜달라?"

"그리고 모닥불을 지키거나 짐꾼, 보초 교대······ 그런 건 두 명이 더 편하잖아요?"

쉽게 말해 잡부였다. 합리적인 제안이지만, 그런 일은 보통 신출내기 모험가의 역할이었다. 애송이는 어엿한 전사다.

"이 경력에 그런 허드렛일을 하겠냐! 그럴 거면 잡일꾼을 구해!"

그러니까 당연히 이런 반응이 돌아온다. 나도 기사라서 이해한다. 꽤 자존심이 상하는 제안이다.

아씨는 이처럼 사람을 화나게 하는 천부적 재능을 가졌다. 심지어 고의로, 그것도 계획적으로 하는 점이 악질이었다.

아씨는 애송이 앞에서 손가락을 세웠다.

"저를 따라오면 이번에 받은 히드라 퇴치 보수, 이미 조금 썼지만 나머지를 전부 드릴게요. 당장 돈이 필요하죠?"

드디어 애송이가 멈칫했다.

"함께 다니는 동안 숙박비와 식비, 교통비까지 제가 낼게요. 만약 악당이 공격해서 하크라가 절 구해주거나 도움을 주면 수익 배분도 다시 생각해보고요."

히드라와 싸우면서 장비를 전부······ 특히 모험가의 생명줄인 무기를 잃은 애송이는 굳은 표정으로 경직했다. 자존심과 실리를 저울질하는 듯했다.

애송이도 경험이 쌓인 모험가니까 나름대로 저축한 돈이 있을 것이다.

그것을 쓰면 재정비는 가능하리라.

하지만 저축은 보통 목적이 있어서 모으는 돈이며 저축을 뺀다는 것은 목적에서 멀어진다는 의미다. 그리고 아쉽게도 실전에서 버티는 양질의 무기는 엄청나게 비싸다.

무기의 성능은 전투 능력에 직결되고, 전투 능력은 곧 생명에 직결된다. 그리고 생명보다 값진 것은 없다.

아씨가 제시한 금액은 장비를 맞추고도 남을 양이었다. 본래 파티원 네 명이 균등하게 나눌 보수의 60퍼센트. 원래 애송이가 받을 몫보다 큰 금액이지 않을까.

"……너."

"네?"

"이러려고 보수를 가로챘지……?"

"네!"

아씨는 피도 눈물도 없는 악당은 아니지만, 그렇다고 딱히 성인 군자도 아니다.

쉽게 말해 아씨의 교섭은 『목숨을 구해줬으니까 답례 정도는 해라』라는 의도다.

"……알았어. 그 조건으로 해."

손익을 따지면 애송이에게 이득이지만, 아씨의 손바닥 위에서 놀아나는 게 석연치 않은 눈치였다. 그 마음은 잘 안다. 아씨도 틀림없이 노리고 그랬을 테니까 벌레 씹은 표정을 지을 권리가 있다.

"거래가 성사됐네요. 잘 부탁드려요. 하크라."

그에 반해 아씨는 즐거워 보였다. 내게 중요한 것은 애송이의 기분보다 아씨의 기분이다.

그런데 뼈는 언제쯤 받을 수 있을까.

◆

대각으로 교차한 검과 지팡이 문장이 걸린 건물은 세계 각지에 존재한다.

길드는 약칭이라고 들었지만, 다들 길드라고만 불러서 나도 정식 명칭은 모른다.

모험가— 길드가 발행하는 《퀘스트》를 달성하고, 그 보수로 생계를 유지하는 자들을 총괄, 관리하는 조직이다.

세계 각지에 지부가 있고 마물 퇴치, 소재 조달, 캐러밴 호위, 육체노동 등 사람들의 문제를 해결하기 위해서 나날이 다양한 《퀘스트》가 발행된다.

나와 린도 모험가인 이상 길드라는 곳을 중심으로 움직일 수밖에 없고, 길드의 명령에는 무조건 복종해야 하며, 길드의 방침이 곧 우리의 방침이 된다.

이런 제약에도 불구하고 모험가라는 족속은 굉장히 수가 많다.

이 인근에서 가장 큰 도시는 동쪽에 있는 항구 도시 크로벨인데, 그곳과 다른 도시와의 중계지점이 이곳 에스마다.

인구는 3만 명 이상이며 사람이 많은 곳에는 문제도 많이 발생하게 마련인지라 가뜩이나 많은 모험가가 이곳에는 더 많이 모여 있다.

"으으, 귀찮아~. 원인 모를 이유로 절반 정도 줄어들지 않으려나."

"위험한 소리를 하는군."

그래서 식사를 마치고 《퀘스트》를 받으러 다시 길드를 방문한 우리를 기다린 것은 기나긴 줄과 순번표였다.

"한 30분은 기다려야겠네요. 먼저 장비라도 보고 올래요? 전 줄 서고 있을 테니까."

"이 도시에서 위험한 인간이 가장 많은 곳이 여기라고 생각하는데, 그래도 괜찮겠어?"

린은 눈에 띈다. 엄청 눈에 띈다. 보수를 받으러 왔을 때나 지금이나 지나가는 사람마다 돌아보고, 먼발치에서도 바라보고 있었다. 그것도 절반은 저속한 눈빛으로.

인정하고 싶지 않지만, 이 녀석은 내가 지금까지 본 사람 중에서도 월등히 예뻤다. 숲에서는 어두워서 잘 보이지 않았는데 밝은 곳으로 나오자 그 수려한 외모를 잘 알 수 있었다.

피부는 병적이지 않을 만큼 흰색이라 늘 햇볕에 타는 모험가라고 생각하기 어려웠다.

처음에는 희한하다 정도로만 생각했던 금발도 햇빛에 비추자 금실보다 찬란하게 반짝였고 놀랍도록 가늘었다. 린이 움직일 때마다 사락사락 소리를 내는 머리는 보기만 해도 얼마나 매끄러운지 상상할 수 있었다. 늘 흙먼지를 뒤집어쓰는 모험가는 절대로 유지할 수 없는 머리였다.

그리고 무엇보다 커다란 두 눈.

나는 이 눈을 되도록 보지 않으려고 피하지만, 린과 정면으로 마주 보고 고개를 돌리지 않을 인간은 아마 없다. 그만큼…… 저주나 마력이 담긴 게 아닌가 싶을 만큼 그 녹색 눈은 은은하게 빛났고, 투명했다.

빤히 들여다보면 모든 인간성을 내려놓고 복종하게 될 것만 같았다.

다른 사람이 본다면 어떤 사정으로 《퀘스트》를 신청하러 온 귀족 아가씨라고 생각할 것이다. 그게 더 그럴싸하고, 나도 제삼자라면 그렇게 생각했으리라.

오른손 손등에서 반짝이는 에메랄드그린 《스피어》가 없다면 이 여자를 모험가라고 인식할 요소가 없었다. ……그러고 보니 녹색 《스피어》도 처음 봤다.

……이렇게 칭찬해놓고 말하기도 그렇지만, 이 짧은 기간에 확신이 설 만큼 성격에는 칭찬할 구석이 없었다. 하늘이 균형을 생각해 인간을 창조한다고 깨닫는 계기였다.

"하크라, 지금 굉장히 무례한 생각을 했죠?"

『아씨, 아마 지금 나와 애송이의 의견은 완벽하게 일치할 거다.』

"네……? 그 말은, 하크라, 저 좋아해요?"

"얼마나 긍정적으로 해석하면 그렇게 돼!"

좋아하는지 싫어하는지 고르라면 망설임 없이 싫어한다고 대답하겠다.

"또 그런다, 쑥스러워하시긴."

"지금까지 살면서 진심으로 여자를 패고 싶다고 생각한 횟수보다, 너를 만난 뒤 생각한 횟수가 훨씬 많다만⋯⋯?"

"에이, 그런 말은."

린은 몸을 앞으로 기울이고 나를 아래에서 들여다봤다.

"똑바로 눈을 보고 말하세요."

⋯⋯젠장. 얼굴을 돌렸다. 돌리고 말았다.

린을 힐끔 곁눈질하자 한껏 우쭐한 표정을 짓고 있었다.

"⋯⋯그보다 슬라임은 어디 갔어? 방금 목소리가 들렸는데."

화제를 바꿀 겸 궁금하던 것을 물었다.

식사한 뒤로 보지 못해서 숙소에 두고 온 줄 알았는데⋯⋯.

『여기 있다, 여기.』

"여기가 어딘데."

"여기예요, 여기."

린은 케이프를 옆으로 젖히고 로브의 가슴 부분을 손가락으로 당겼다. 흰 피부와 가슴이 모여 만들어진 곡선을 보고 나는 다시 눈을 돌렸다. 뭐 하는 거야, 이 여자?

"히죽."

눈을 가늘게 뜨고 입으로 히죽 소리를 냈다. 완전히 갖고 놀고 있다.

"후후, 하크라는 귀엽네요. 사실 여자한테 익숙하지 않나 봐요?"

"시끄러워, 닥쳐."

"사실 숫총각?"

"시끄러, 닥쳐, 여자가 그런 소리 하지 마, 그러는 너는 어떻고!"

"저 의심해요? 유니콘도 기뻐 날뛸 조신한 엘리트 처녀인데요?"

"하고 싶은 말은 많지만, 뭐? 누가 조신해?"

"그건 그렇고."

자기도 무리가 있는 주장이라고 생각했는지, 억지로 화제를 돌렸다.

"아오는 이거예요. 길거리에 내놓고 다닐 수는 없으니까요."

린이 가슴을 보여준 이유는 변태라서 그런 게 아니라 작고 푸른 구체가 달린 목걸이를 보여주기 위해서였다.

얼핏 보면 단순한 컬러 스톤 액세서리 같지만, 자세히 보면 액체 같은 내부에서 두 개의 핵이 우리를 **보고** 있었다.

"……너, 이렇게 작아질 수도 있어?"

『에너지 절약 모드다. 아씨의 힘이지만.』

"《의태 마법》은 마물을 부리는 아이의 필수 사항이니까요. 자기 자신에게는 못 쓰지만."

"너, 마법을 써……?"

그렇다면 전열 전투원을 원할 만도 한가……. 길드 지부에서 마물을 데리고 다니다가 괜히 시비에 걸리면 귀찮아지니까 이건 이

거대로 합리적일지도 모르겠다.

"오, 하크라 형이잖아. 살아있었네?"

"응?"

갑자기 이름을 불려 돌아봤다.

"······뭐야, 질레냐."

길드의 잡일을 처리하러 고용된 에스마의 어린아이였다. 길드에 올 때마다 마주쳐서 서로 안면을 텄다. 숙련된 모험가는 중년이 많아서 비교적 나이가 가까운 나와 대화할 기회가 많았기 때문이기도 하다.

"반응이 왜 그래? 《퀘스트》에 실패해서 죽었다고 듣고 나름대로 걱정했는데. 아그롤라 씨랑 동료들도 떠났고······."

"······걔네는 어디로 갔어?"

내 지인이라는 것은 내 동료의 지인이라는 뜻이기도 했다. 그들이 어디로 갔는지 묻자 질레는 고개를 저었다.

"몰라. 그래도 이 부근이면 크로벨밖에 없지 않아? 남쪽으로 돌아가도 좋은 것 없고, 곧 유니카 축제도 있으니까."

"······그렇지."

대륙을 떠나는 선택지까지 고려하면 역시 배가 왕래하는 크로벨이라는 결론이 나온다.

"그런데 하크라 형, 그 여자는 누구야? 엄청 미인이네. 애인?"

나보다도 처음부터 그쪽이 목적이었나 보다. 질레는 아까부터 힐끔거리던 린의 이야기를 꺼냈다.

"우후후, 고마워요. 질레라고 하나요?"

"그래! 질레 에스마! 반가워, 미인 누나!"

"만나서 반가워요, 저는 린이에요. ……하크라, 봤어요? 이렇게 솔직하게 칭찬하면 저도 삐딱하게 굴지 않고 심술도 부리지 않아요."

"자기가 삐딱하고 심술부리는 줄 안다는 말이군……."

낮게 깐 내 목소리가 엄청난 미인 린 님의 귀에 탐탁지 않았는지 깔끔하게 무시당했다.

"그래도 애인은 아니에요. 단기 임시 파티죠."

"에이, 뭐야. 하긴 하크라 형이랑 린 누나는 조금도 안 어울리지."

"너 나 좀 보자, 꼬맹이."

"좋네요, 애들은 솔직해서. 우후후후."

계속 미인이라고 해줘서 린은 기분이 좋아 보이지만, 그와 반대로 내 기분은 나빠졌다. 더 자극하면 저 찰랑거리는 머리칼을 뽑아버리겠다.

"앗, 애 취급 하지 마! 나도 오늘부터 모험가니까!"

하지만 질레는 애라고 불린 것이 불만인지, 자랑스럽게 오른손을 보여줬다. 그 손에는 피가 번진 붕대를 감고 있었다.

"……너, 《스피어》를 심었냐?"

"맞아! 드디어 돈이 모였거든. 오래 걸렸지~!"

비휘석 《스피어》. 모든 모험가의 오른손 손등에서 빛나는 4센티미터 크기의 타원형 보석.

이것을 신체에 넣는 것은 모험가라는 증거이자 길드에 복종하겠다는 표식이기도 했다.

어떻게 길드라는 조직이 전 세계에 걸쳐, 국가라는 제약을 넘어서 활동할 수 있는가.

그 가장 큰 이유가 이《스피어》였다.

《스피어》는 신경계에 뿌리내려 몸의 일부가 되면서 신체 능력을 극적으로 향상시킨다.

완력, 근력, 내구력, 재생력, 반사 신경 등 온갖 능력이 인간의 한계를 넘어서기 때문에 스피어의 차이가 극명하다.

보통 사람은 제대로 들지도 못할 무거운 무기를 휘두를 수 있고, 마물의 공격에 치명상을 입지 않으며, 오감이 예민해지고, 극단적인 온도 차에도 버틸 수 있는 강인한 육체를 얻을 수 있다.

사람에 따라서는 린처럼 『마법』도 다룰 수 있다.

도시에서 한 발짝만 나가면 인간은 마물의 위협에 노출된다. 원래는 승산이 없는 자들에게⋯⋯《스피어》는 싸울 수 있는 힘을 준다.

빈《스피어》는 무색에 투명하지만, 몸에 정착하고 시간이 지나면 개개인에 따라 색이 변한다. 빨갛기도 파랗기도 하고, 진하기도 연하기도 하며, 더 특별하게 변하기도 한다.

완전히 같은 색은 하나도 없다고 하며, 길드는 그 색을 참고해 모험가의 정보를 기록, 관리한다.

어디서 모험가가 됐는지, 과거에 어떤 의뢰를 받았는지, 누구와 함께 활동했는지, 뭘 할 수 있고 뭘 할 수 없는지 길드는 전부 알고 있다.

지금 시스템도 《스피어》 인증으로 성립한다. 길드를 경유하면 세계 어디서든 자기가 번 돈을 뺄 수 있고, 유산 상속처럼 특별한 경우를 제외하면 본인 외에 누구도 그 돈에 손댈 수 없다.

그런 편리한 아이템인 《스피어》의 제조와 가공 기술을 길드는 완전히 은닉하여 이권을 쥐고 있다. 다시 말해 어느 국가든 그 혜택을 누리고 싶으면 길드에 협력할 수밖에 없다.

여담은 이쯤하고, 요약하면 모험가가 되기 위해서는 《스피어》가 필요하다는 말이다.

제조법과는 별개로 빈 《스피어》는 각지 길드에서 살 수 있다. 물론 가격은 꽤 비싸지만, 질레 같은 신출내기가 허드렛일로 돈을 모아 살 수 있을 만한 수준이다. 가격만 따지면 질 좋은 검이 훨씬 비싸다.

오른손 손등을 나이프로 가볍게 절개해 《스피어》을 심고 붕대로 감아 상처와 《스피어》가 서로 달라붙으면 비로소 모험가 한 명이 완성된다. 몸에 익숙해지면 현저한 신체 기능 상승도 느낄 수 있다.

"그런가요, 오늘 심었다고요……."

"맞아! 제법 아팠지만, 나한테는 식은 죽 먹기야!"

자랑스럽게 웃는 질레의 얼굴을 린은 다정하게 쓰다듬고…… 부드럽게 미소 지었다.

시건방진 어린애도 연상의 미인이 이러면 쑥스러움을 탈 수밖에 없다.

"잘 참았네요. 대견하기도 하지."

"어, 어린애 취급하지 말라니까!"

"어머, 미안해요."

질레는 눈에 띄게 볼이 빨개져서 고개를 돌렸다.

그 모습을 바라보며 나는 파우치에서 낡은 칼집에 든 짧은 나이프를 꺼내서 건네줬다. 전투용이 아니라 남아있던, 현재 내가 가진 유일한 자산이었다.

"형?"

"작별 선물이야. 가져가. 처음에는 돈 나갈 곳이 많아. 절약할 수 있을 때 최대한 아껴."

마물용은 아니라도 엄연한 무기로 쓸 수 있는 칼.

그것을 받은 질레는 한순간 얼떨떨한 표정을 짓더니 활짝 웃었다.

"땡큐! 하크라 형!"

질레에게는 질레 나름의 꿈이 있을 것이다. 모험가가 되어 한 명의 남자로서 이루고 싶은 꿈이.

모험가는 합리주의자다. 득이 되지 않는 일은 하지 않는 것이 철칙이지만, 그런 냉혈한들 사이에도 첫걸음을 내딛는 신참만큼은 적극적으로 응원하려는 풍습이 있다.

한때 자신이 선배들의 도움을 받은 것처럼, 그건 먼저 이 세계에 발 들인 자의 역할이자 의무였다. 왜냐하면…….

"오, 꼬마, 오늘부터냐! 좋아, 이거 가져가!"

험상궂은 전사가 샌드위치가 든 봉투를 억지로 넘겨주고…….

"으하하하! 열심히 해 봐, 꼬마!"

평소에는 입꼬리도 올라가지 않던 회계가 호탕하게 웃으며 축복하고…….

"흠, 제법이네."

"처음에는 우리가 이것저것 알려줄까?"

성인 여성들이 머리를 쓰다듬거나 볼에 입맞춤을 해주고 있었다.

"……기뻐 보이네요, 질레."

"그렇군."

모두에게 인정받고, 환영받고, 응원받는 새로운 모험가. 질레는 쑥스럽게 계속 감사하면서 길드를 떠났다.

"……무사하면 좋겠네요."

"……그러게."

질레는 아직 모른다.

길드는 모험가를 지망하는 신참에게 『절개의 고통』과 『《스피어》가 정착할 때까지는 효과가 없으니까 안정을 취하라』 정도밖에 설명하지 않지만…….

《스피어》는 신경에 뿌리를 내린다. 더 자세히 말하자면 새로운 신경을 기존 신경에 연결하려고 한다.

그것이 어떤 결과를 낳느냐면, 죽을 만큼 아프다. 앞으로 한나절이 지나면 오른손을 중심으로 살과 뼈가 녹는 듯한 작열통이 밀려오고, 모공을 넓혀 염산을 붓는 듯한 격통을 맛본다. 그리고 그 고통은 일주일에 걸쳐 전신으로 퍼져 나간다. 그러다 쇼크사하는 사람도 당연히 있다.

더불어 몸이 **다른 것**으로 변하는 과정에서 근육과 **뼈**에 무지막지한 부담을 주므로 근육통과 성장통을 합쳐서 몇 배로 증폭한 듯한 통증이 온몸으로 퍼지고, 그것도 며칠 동안 이어진다.

질레는 나와 린을 포함한 모험가들이 보낸 것이 단순한 축복이 아니라 연민의 시선이었음을 끝내 눈치채지 못했다.

합리주의자 모험가들이 비합리적으로 남에게 베푸는 이유.

그것들은 전부 같은 고통을 아는 자들이 앞으로 지옥을 맛볼 자에게 보내는 최소한의 동정이었다……

◆

거의 빈털터리가 됐다. 정말로 한 푼도 없지는 않고 저축도 깨지 않았지만, 현금이 거의 남지 않았다는 의미로는 큰 차이가 없었다. 2, 3일 싸구려 여관에 머물면 바닥날 정도의 돈이었다.

설마 항상 가는 무기점에 마도은제 검이 있을 줄은 몰랐다. 심지어 양날 검이면서 좌우 대칭이 아닌 점을 대장장이가 용납할 수 없었는지, 하자품으로 헐값에 나와 있었다. 시세보다 30퍼센트나 쌌다.

살 수밖에 없었고, 사 버렸다. 칼날은 다소 짧지만, 내 전투법에는 오히려 이게 더 좋다. 미래의 안전을 위한 어쩔 수 없는 출혈이라고 자기 자신을 설득했다.

그 탓에 다른 장비가 너무 시원찮아졌다. 방어구도 갑옷조차 구하지 못해 두꺼운 망토와 옷으로 때웠다.

"돈을 벌어야 해…… . 나와라…… 나와라, 도적…… ."

"제 바로 옆에서 제가 공격받길 기대하지 마세요!"

린은 그런 내가 상당히 불만스러워 보였다. 당연한가.

"그래서, 결국 어떤 《퀘스트》를 받았어?"

린은 길드 카운터에 도착한 뒤, 뒷줄이 붐비거나 말거나 《퀘스트》들 앞에서 거의 한 시간을 죽치며 내용을 곱씹었다.

이 의뢰 선택이 길드 혼잡의 원인 중 하나지만, 그래도 보통은 10분 내외로 끝난다. 뒤에서 살얼음 같은 긴장감이 감돌아도 이 여자는 태연할 따름이었다. 나는 기다리던 녀석들이 언제 달려들지 경계하느라 결국 뭘 골랐는지 보지 못했다.

그만큼 시간을 들였으니까 꽤 짭짤한 의뢰가 있었을 것이다. 애초에 린이라면 어떤 흉악한 마물이라도 대응할 수 있고, 그만큼 보수도…… .

"네, 코볼트 퇴치예요."

"야, 너, 진짜 장난치지 마. 죽인다, 인마."

"후우…… 하크라는 일을 골라서 받는 타입이에요?"

"내가 이 경력에 왜 코볼트 따위나 잡아야 하냐고!"

생태계에서 먹이사슬 아래쪽을 차지하는 생물. 이 설명만으로 코볼트가 얼마나 약한지 알 수 있다.

각목이라도 챙기면 《스피어》 없이도 때려잡을 수 있을 정도다.

다만, 식당에서 일하는 녀석이 있는 것처럼 지능이 그럭저럭 높고, 큰 도시에서는 이른바 『사육 코볼트』도 흔하게 보인다.

신청과 허가는 필요하지만, 개보다 영리하고 편리하여 많은 곳에서 일할 줄 아는 이웃으로 자리 잡은 희귀한 마물이라고 할 수 있다.

어쨌든 작은 자경단이라도 있는 마을이라면 야생 코볼트로 문제를 겪진 않는다.

기본적으로 온순하고 겁이 많으며, 인간을 보면 공격하기보다 도망치기 바쁘기 때문이다. 똑똑해서 인간과의 힘 차이를 잘 아는 것이다.

그럼 왜 그런 마물을 퇴치하는 《퀘스트》가 가끔 나오냐면, 야생 코볼트가 먹을 것을 찾아 밭을 헤집어놓는 탓이다.

그 영리함 때문에 짐승용 함정 따위는 통하지 않는다.

다시 말해 생명이 아니라 생활을 위협하는, 성가신 마물이라는 뜻이다.

……그런데.

"그딴 건 신참들이 할 일이잖아!"

"보통은 그렇죠."

린은 복잡한 표정을 짓고 있었다. 이 여자가 생각이란 걸 할 줄 안다면, 뭔가를 고민하는 것처럼 보였다.

"지금 굉장히 무례한 생각을 했죠?"

"아니, 딱히."

"아무튼 상황이 조금 이상해요."

"엉?"

"이 코볼트, **인간을 공격**한대요."

에스마에서 걸으면 꼬박 하루가 걸리는 거리도 마차로는 그 반의 반밖에 걸리지 않는다.

라이데아라는 곳이 그 《퀘스트》를 낸 마을 이름이고, 유명한 것은…….

『과수원이로군.』

슬라임은 바로 그 마을에서 키우는 새빨간 과일을 푸른 몸으로 감싸고 있었다. 껍질이 서서히 녹는 것을 보면 소화 중인가 보다.

"과수원! 직접 따먹을 수 있을까요?"

"넌 그렇게 먹고 배가 안 찼냐…….."

두꺼운 스페어립을 3인분 먹어 치우고, 양손으로 들어야 할 크기의 빵을 네 개나 해치운 뒤, 지금은 과일을 먹으며 하는 소리였다. 성인 남성인 나도 그렇게는 먹지 못한다. 이 여자의 위장은 어떻게 생겨먹은 거지?

"앗, 그렇게 나오시나요? 얼마 동안 배불리 먹을 수 없는 소식 기간을 가져서 그런 건데요?"

『아니, 아씨의 먹성은 원래 이렇구웹.』

린은 식사 중인 슬라임 위에 모든 체중을 실어 앉았다. 말랑말랑하지만, 터지지 않으니까 이상적인 쿠션……인가?

"게다가 마차로 이동하잖아……. 괜찮겠어, 몸무게?"

"무, 무무슨, 어, 얼마나 무례한 거예요!"

"나한테 예의를 바라면 외모에 어울리는 언동을 해."

"아, 열 받아! 괜찮아요! 먹은 만큼 운동하니까!"

『아씨, 이 무게는 전보다 더 늘어컥.』

린은 쿠션 위에 고쳐 앉았고, 연동해서 단말마가 울렸다.

"괜찮거든요? 저는 먹은 만큼 이쪽으로 가요."

자신만만하게 팔짱 낀 린의 팔 위로 하늘하늘한 케이프가 풍만한 형태로 떠올랐다.

어때요, 라고 묻는 표정이지만, 나는 일부러 들으라는 식으로 한숨 쉬었다.

"네가 좀 더 귀여웠으면……."

"뭐라고요?! 낮에는 힐끔 보고 새빨개진 주제에!"

"지금까지 너와 교류하면서 여자라는 생물에 대한 기대치가 상당히 내려간 건 고마워해야겠군……."

"겨, 겨우 열흘 정도로 저에 대해 뭘 알았다는 거예요!"

"네가 성격 비뚤어진 대식가라는 건 잘 알았으니까 걱정 마."

"마, 말 다했어요?! 아오, 주인의 명령이에요. 혼내주세요!"

"지금 네 아래에 찌부러져 있어, 그 녀석."

"아, 아오?! 어떻게 이런 일이…… 하크라! 당신이라는 사람은!"

"처음부터 끝까지 네 잘못이야!"

다른 손님이 없어서 고래고래 소리치는 우리를 보고 마부 아저씨가 크게 웃었다.

"으하하하! 사이가 좋군. 만담꾼이라도 보는 기분이야."

"보고 웃었으면 관람료 내세요."

"네 그 뻔뻔함은 대체 어디서 나오는 거냐?"

"잘 들어요, 하크라. 우선 세계의 중심에 자신이 있어야 해요."

『애송이, 미리 말해두는데 아씨는 진심으로 하는 소리다.』

"그럴 테지……."

결국 참지 못했는지, 마부는 10초 가까이 무릎을 치며 폭소했다.

"그런데 라이데아는 어떤 마을이에요?"

그래서 린이 그에게 말을 건 것도 자연스러운 흐름이었다. 마부는 상품일 터인 과일을 베어 물면서 대답했다.

"응? 아, 한적한 곳이야. 사람들은 싹싹하고 음식도 맛있지. 좋은 엘리셰가 나는 땅이라서 과실주도 달콤한데, 그것도 꽤 인기야."

"과실주! 그런 것도 있나요! 좋은 숙소를 잡고 싶네요."

"넌 정말 먹을 것 생각밖에 안 하냐?"

"무슨 소리예요, 《퀘스트》도 제대로 기억하고 있죠. 이런 지역 밀착형 의뢰는 깔끔하게 해결하면 대부분 성대하게 대접해 준다고요."

"너 설마 그럴 목적으로 의뢰를 고르진 않았겠지?!"

린은 눈길을 돌리고 소리도 제대로 나지 않는 휘파람을 훅훅 불었다. 믿기지가 않는다.

"그나저나 라이데아도 큰일이야. 겨우 바쁜 시기를 넘겼는데 마물 소동이라니. 아가씨 말대로 깔끔하게 해결해주면 나도 고맙겠어."

"바쁜 시기? 무슨 일 있었어?"

"올해 유니카 축제가 석 달이나 앞당겨져서 크로벨에 납품하는 과일도 일찍 수확하게 됐어. 과일도 아직 덜 익었는데 수도 부족하니까 애고 어른이고 할 것 없이 바깥 숲까지 달려가서 과일을 따오고 출하 작업에 쫓겼지. 나도 얼마 전까지 쉴 새 없이 에스마와 라이데아를 왕복했어."

"그거참 고생이네."

"오히려 모험가는 전부 크로벨로 갈 줄 알았어. 형씨랑 아가씨는 별나구만."

"아니, 나도 되도록 일찍 가고 싶었는데……."

라이데아로 가게 된 원흉을 곁눈질하자 턱에 손을 대고 단정한 눈썹을 한껏 찌푸리고 있었다.

"음…… **최악의 상황**도 있을 수 있겠네요."

"응? 뭐가?"

"아, 그냥 그런 게 있어요. 일단 현지를 보고 판단하죠."

린이 다 먹은 과일 심지를 마차 밖으로 던지자 새들이 그것을 차지하러 하늘에서 내려왔다.

2미터는 되는 나무와 돌로 된 벽이 먼 곳까지 뻗어 있었다. 마물에 대항하기에는 부족해 보이지만, 이 근처에 사는 마물이라면 이것으로도 충분한가 보다. 그렇지 않으면 코볼트보다 먼저 다른 마물을 퇴치하러 《퀘스트》를 냈을 것이다.

마을 입구의 문은 쉽게 열렸다. 문지기는 어딘지 모르게 피곤해 보였지만, 마부가 『모험가를 데리고 왔다』라고 하자 하나같이 표정이 밝아졌다.

어디를 둘러봐도 때깔 고운 과일이 달린 나무가 난립해 있었다. 그게 전부 엘리셰이며, 마을 자체가 하나의 거대한 과수원인 모양이었다. 적어도 린이 나한테 준 과일과는 비교가 되지 않을 만큼 맛있어 보였다.

마부 아저씨는 오늘은 일이 있어서 라이데아에서 하루 자고 간다고 하니까 내일 출발 전까지 《퀘스트》를 마치면 돌아가는 길에도 마차를 탈 수 있다. 그렇다면 고민할 시간도 없었다. 우리는 바로 의뢰인을 찾아갔다.

"반갑습니다, 데고우 헤드 라이데아입니다."

맞이해 준 사람은 60세는 넘었을 노인이었지만, 허리가 굽기는커녕 꼿꼿하게 서 있었다.

이름에 『우두머리』가 붙는다면 이 사람이 촌장인가 보다. 이번 《퀘스트》는 마을 주민이 개별적으로 낸 의뢰가 아니라 라이데아라는 마을 자체가 해결을 바라는 사안이라는 뜻이다.

"만나서 반가워요, 저는 린이에요. 이 사람은 하크라, 길드에서 《퀘스트》를 받고 왔어요."

린이 우아하게 치마를 들어 인사했다. 그것을 본 내 눈이 한순간 휘둥그레졌다.

이 녀석, 이렇게 예의를 차릴 줄도 알았나…….

"꽤…… 젊은, 분들이 오셨군요."

인사는 나누었으나, 촌장의 반응은 시원찮았다.

……여행을 우습게 보는 복장으로 슬라임을 끌어안은 여자애가 새파란 젊은 놈을 데리고 왔으니까 그럴 만도 하다.

모험가는 《스피어》 덕분에 겉모습으로 실력을 가늠하기 어렵지만, 마을 주민이 그런 걸 알 리 없었다.

나는 그렇게 납득했지만, 린은 어떨까. 눈만 슬쩍 돌려보자 린도 태연하게 웃어넘기고 있었다. 나한테는 가차 없지만, 의뢰인에게는 일정 수준의 사교성으로 본성을 숨긴다는 상식 정도는 갖추고 있나 보다.

"걱정하지 마세요. 저는 마물에 관한 전문가고, 하크라는 혼자 히드라를 해치울 정도의 실력자예요. 비행선에 탄 것처럼 편안한 마음으로 맡겨 주세요."

그 언동이 썩 믿음직스럽진 않겠지만…… 어찌 됐든 우리는 이미 이곳에 왔다. 촌장이 마음에 들든 말든 일을 맡길 사람은 우리밖에 없었다.

"그럼 의뢰에 관해서 이야기할까요. 주변의 코볼트가 인간을 습격하게 됐다면서요?"

린이 이야기를 꺼내자 촌장은 고개를 끄덕이고 우리에게 의자를 권했다.

이야기를 정리하면 이렇다.

마을 주위에는 옛날부터 코볼트가 살았지만, 서로 큰 간섭 없이 평화롭게 공존해왔다. 코볼트들은 마을에 들어오지 않고, 주민들이 밖에서 작업할 때도 구태여 다가오지 않았다.

호기심 왕성한 젊은 코볼트가 특유의 손재주를 발휘해 외벽을 넘을 때도 있지만, 인간에게 해를 끼친 적은 없었다. 오히려 모르는 사람에게 둘러싸여 겁먹은 나머지 마을 밖으로 데리고 나가기가 어려웠다.

또한, 몇 년 전 풍작이 이어졌을 때는 술을 담그고 잼을 만들고 가공해도 과일이 줄지 않아서 처치 곤란한 과일을 어쩔 수 없이 내다 버렸는데, 코볼트들이 이게 웬 떡인가 싶어 전부 가져갔다. 그 당시에는 밤새도록 숲속에서 코볼트의 울부짖는 소리가 들릴 정도였다.

그 후, 과일을 버린 곳에는 깨끗한 돌이 쌓여 있었다는 일화도 있다나 뭐라나.

그밖에도 무슨 사정에선지 숲에 버려진 아기 코볼트를 보호해서 키우고 다시 숲으로 돌려보내는 등— 마을과 코볼트는 함께 살아왔고, 그게 당연했다.

그런데 최근 사정이 변했다. 불과 보름 전부터 숲속에서 인간을 보면 사나운 얼굴로 달려들기 시작한 것이다.

이유는 모르겠지만, 덤벼든다면 저항할 수밖에 없었다. 주민들은 토벌대를 결성……이라고 해봤자 무기 대신 농기구를 든 성인 다섯 명이었지만, 코볼트 퇴치에는 그거면 충분하다고 생각했다고 한다.

결과부터 말하자면 돌아온 사람은 두 명뿐이었다. 세 명은 공격당할 때 흩어져 행방불명, 생존은 절망적이었다.

적어도 한 명은 생환한 주민 앞에서 목을 물어뜯겨 죽었다. 도망치던 중 돌아보니 코볼트들은 무자비하게 시체를 **뜯어 먹고** 있었다고 한다.

생존자는 『그런 코볼트는 처음 봤다. 흉악하고 사납고, 인간에게 겁먹지도 않는다. 무서웠다』라고 당시 상황을 설명했다.

"우리는 옛날부터 코볼트들과 공존해왔습니다. 서로 대립하지 않고, 영역을 침범하지 않은 채. 그리고 가끔은 이웃으로서 친절도 베풀면서. 하지만 상황이 이러하니…… 저는 촌장으로서 결단할 수밖에 없었습니다."

촌장도 딱히 바라던 일은 아닌지, 비통한 표정을 짓고 있었다.

린을 힐끔 보자 턱에 손을 대고 생각에 빠져 있었다. 이 여자가 생각이라는 고등한 뇌 활동도 할 줄 아나 싶어 한순간 놀랐지만, 내 시선을 알아차렸는지 매섭게 눈을 흘겼다.

자기를 욕할 때만 귀신처럼 감이 좋군, 이 녀석…….

"음, 하나만 여쭤봐도 될까요?"

"네, 뭐든 물어보시죠."

"말씀을 들어 보니까 숲에 사는 코볼트의 주식은 야생 엘리셰 같네요. 그런데 오늘 마부분에게 이런 이야기를 들었어요. 축제에 팔 과일이 부족해서 주민들이 숲까지 수확하러 나갔다고."

방금 마차에서 들은 이야기였다. 린이 하고 싶은 말은 『코볼트가 굶주린 건 너희 때문 아니냐?』라는 뜻이다.

　정상적인 의견이었다. 지금까지 인간을 공격하지 않던 생물이 갑자기 흉악해지는 이유라면…… 심지어 잡아먹으려고 습격했다면 역시 그렇게 생각할 수밖에 없었다.

　하지만 촌장은 조용히 고개를 저었다. 그렇게 말할 줄 알았는지, 특별히 기분이 상한 것처럼 보이지도 않았다.

　"분명히 축제가 앞당겨져— 숲 밖까지 나가야 했습니다. 라이데아 역사상 흔치 않은 사태였죠. 하지만 우리도 코볼트가 숲에 기대어 살아가는 걸 잘 압니다. 숲이 뭘 주는지 잘 알아요. 절대로 한 나무의 과일을 전부 따버리지는 않습니다. 그들에게 피해가 가지 않을 만큼은 남겨뒀죠. 우리가 숲에서 얻은 과일은 정말로 일부에 불과해요."

　"그렇군. 하긴…… 오는 길에도 나무마다 달려 있었지."

　"네. 마을의 엘리셰는 품종 개량을 거듭한 극상품이지만, 밖에서 나는 야생 엘리셰도 다른 지역보다 많이, 그리고 빨리 자랍니다. 물이 좋아서 그렇다고들 하죠."

　촌장은 마을의 특산품을 자랑스럽게 설명하지만, 역시 그 얼굴에는 그늘이 졌다.

　"그럼 우리는 코볼트를 싹 쓸어버리면 되는 건가?"

　"네. 더는 마을에 피해가 없도록 해주십시오. 보수는 길드에 제시한 액수입니다. 그리고 숙소도 우리가 준비하죠. 기왕 오셨으니까 마을 요리를 즐겨주셨으면 합니다."

"요리!"

"먹을 거에 반응하지 마."

촌장은 어이없이 웃으면서도 비난은 하지 않았다.

"라이데아의 닭은 엘리셰를 먹고 자라 고기에서도 은은한 단맛이 납니다. 허브와 소금을 뿌리고 가마에서 구워낸 요리가 명물이죠."

"좋아. 바로 처리하러 갈까요, 하크라!"

"열정이 너무 달라서 놀랍다."

"무슨 소리예요? 100이었던 열정이 120이 됐을 뿐이에요."

이런 린의 언동을 보고도 촌장은 정말로 코볼트를 처리할 수 있 냐는 의문을 끝까지 입에 담지 않았다.

모험가에게 코볼트는 상대도 되지 않는다고 알고 있기 때문이 었다.

그럭저럭 번성한 도시와 가까운 마을에는 활기가 돈다. 여행자 가 묵는 여관이 있고, 그곳으로 사람을 유도할 명물이 있고, 거기 에 돈을 쓰게 만들려고 주민들이 머리를 쥐어짜기 때문이다.

특히 라이데아처럼 **강점**이 있는 마을은 그런 경향이 강한 데…… 전체적으로 의기소침하여 활기가 보이지 않았다.

축제에 마을 특산품을 대량으로 판매해서 큰돈이 들어왔을 텐 데, 가까운 이웃이 언제 칼을 들고 달려들지 모르다 보니 정신적 으로 힘든가 보다.

"……일단 확인하고 싶은데, 상대는 정말로 코볼트겠지? 사실

늘대인간이었다, 같은 이야기면 곤란해."

《퀘스트》를 실패하는 흔한 원인으로, 예상보다 강한 마물이 나올 때가 있다.

워울프라는 마물 자체는 음유시인을 통해서 들은 이야기라 직접 만난 적은 없지만.

린의 작은 입에서 나온 바보 같은 숨소리가 대답이었다.

"이런 곳에 워울프가 있으면 마을이 파멸했겠죠……. 그리고 워울프도 어지간한 일이 없으면 인간을 안 먹어요. 맛이 없어서."

"맛이 없구나……."

쓸데없는 지식이 늘었다. 정말 쓸데가 없기를 바란다.

"……잠깐, 먹는 경우도 있다는 거야?"

"북방 대륙의 《황모 무리》는 성인식을 위해 인간을 사냥하기도 하지만요."

"아, 그래서? 상대하기 싫다는 녀석들이란 건 알았어."

"하크라라면 괜찮아요. 힘내요, 힘."

"마음에도 없는 칭찬 하지 마. 너는 내 실력도 모르잖아?"

"어머, 삼두 히드라를 혼자 해치울 만큼 강하잖아요?"

린이 심술궂은 얼굴로 말해 나는 머리를 긁적였다.

"……솔직히 어떻게 해치웠는지 기억도 안 나. 무승부가 된 건, 아마 기적이야."

죽기 살기로 죽지 않으려고 했을 뿐이었다. 그 과정이 머리에서 빠져버린 것은 스스로 생각해도 이상하지만, 히드라의 시체가 있었으니까 내가 이겼다……라고 생각할 수밖에 없었다.

"기적이라도 무승부로 끌고 간 것만으로 대단하지 않나요……? 제가 아는 한 히드라는 인간이 검으로 상대할 수 있는 마물이 아니에요."

"도끼와 활과 마법도 있었어, 그때는."

도끼 전사와 검사, 궁수와 마도사라는 정석적인 4인 파티였던 우리는 실제로 잘 싸운 편이라고 생각한다.

"정정할게요. 인간이 상대할 수 있는 마물이 아니에요. 애초에 왜 히드라를 사냥하려고 했어요? 그런 숲 깊은 곳에 있는 히드라는 방치해도 됐을 텐데."

"모험가가 무리하는 이유라면 부와 명성밖에 더 있겠냐."

"하크라가 그런 성격으로 안 보이니까 묻는 거예요."

네가 나에 대해 뭘 아냐는 말이 목구멍까지 올라왔지만, 말싸움으로 번질 게 뻔해서 가까스로 삼켰다.

"내가 아니더라도 파티의 방침이 있잖아. 그리고……."

"그리고?"

"……아무것도 아냐."

그 히드라는 **자연적으로 태어나지 않았을지도 모른다**고 말해봤자 이제 와서 아무 의미도 없다.

"음…… 딱히 하크라의 《모험가 계급》에 관심은 없지만, 참고삼아 알려주실래요?"

《랭크》는 길드가 정한 『당신은 이 직종에서 이만큼 강합니다』라는 지표다. 전사, 격투가, 사수, 마도사, 치유사처럼『뭘 할 수 있는지』로 분류되며, 다양한 기능을 가진 모험가는 그중 가장 높은 것을 적용한다.

아래에서 G부터 S까지 총 8단계.

이《랭크》에 따라서 받을 수 있는《퀘스트》의 규모와 보수가 변하고《스피어》로 인증하면 한 방에 판명되기 때문에 위장도 할 수 없다.

G부터 D까지는 흔히 말하는 신참. C까지 가면 어엿한 모험가로 인정받고, 여기까지가 모험가 전체의 70퍼센트를 차지한다.

남은 30퍼센트 중 대부분이 B랭크, 실적과 경험을 쌓은 모험가…… 보통 베테랑으로 취급한다.

그 위인 A랭크는 거의 볼 수 없다. 이름이 나오면 바로『아, 그 사람?』이라는 말이 나올 만큼 유명인으로, 그 분야의 달인으로 통한다. 지위와 부와 명성을 모두 거머쥔 모험가의 **종착점**이라고 할 수 있겠다.

S는 길드의 오랜 역사 속에서도 손에 꼽을 정도밖에 없다. 말 그대로 전설이다.

아무튼 원래 대화로 돌아가서.

"검사 B+다, 불만 있냐."

그 기준으로 말하면 나는 아직 상위 30퍼센트에 속한다. 그밖에도 **전투력 외의 요소**로 평가되는 항목이 있지만, 그건 넘어가자.

"와…… 하크라, 정말로 그럭저럭 강하네요? 도움이 될 것 같아서 다행이에요."

"넌! 왜! 날! 호위로 고용했어!"

"그냥 만난 김에……."

"그딴 이유로 이렇게까지 너한테 휘둘리는 내 기분을 아냐, 엉?!"

참고로 코볼트 퇴치의 적정 랭크는 G, 질레 수준의 햇병아리에게도 맡길 수 있는 《퀘스트》였다. 이러니까 내가 화를 안 내고 배기겠는가.

"우후후, 그럼 저는 편하겠네요~. 난폭한 일은 전부 하크라에게 맡길게요!"

"원래 그럴 생각이었지만, 굳이 말로 하니까 열 받네. ……그런데."

나는 린의 오른손에 있는 에메랄드그린 《스피어》를 노려보며 말했다.

"네 《랭크》는 뭐야?"

일단 전열에서 능동적으로 싸우는 전투원은 절대로 아니다. 그렇다고 치유사나 마도사로 보이지도 않았다. ……슬라임을 변화시키는 마법은 쓰지만, 그건 전투용 마법이 아니었다.

그럼 대체 무엇으로 분류될까.

"비·밀·이에…… 앗."

린은 말을 끝까지 맺지 못했다.

물론 나에게는 악의가 조금도 없지만, 윙크하면서 귀여운 척하는 린을 갑자기 용서할 수 없어서 반사적으로 그 머리를 콱 움켜쥐고 말았다.

다행히 얼굴이 작아서 한 손으로 단단히 고정할 수 있었다. 이제 조임쇠처럼 힘을 주기만 하면 이 두개골을 으스러뜨릴 수 있다.

"아야야야야야야야?!"

"헉! 내가 무슨 짓을— 몸이 멋대로!"

"아프다고 하잖아요—?!"

"미안, 린…… 눈앞에 있던 여자가 너무 짜증나서 그만…….."

"아—프—다—고—!"

『아씨, 아씨, 주변에서 쳐다보니까 조용히 해.』

"말려달라고요!"

"그래서 《랭크》는?"

"그 전에 놔—주—세—요—!"

아차, 무의식적인 행동이라서 놔준다는 것을 깜빡했다……. 욱 하는 성질은 내 나쁜 버릇이다. 주의해야지.

그것을 자기 한 몸 희생해 알려준 린에게 아주 조금이지만 감사라는 이름의 감정이 싹텄다. 무심코 손에 힘이 들어갔다.

"잠깐, 장난이 아니…… 아, 이이이이가아아아아아!"

내가 이 녀석에게 그런 감정을 품는 것 자체가 어쩐지 기뻤다. 감사의 말이라도 한마디 건네야겠다는 생각이 들 정도로.

"린…… 고마워."

"끄아아아아아아아!!"

"나, 네 덕분에 소중한 걸 조금 떠올린 기분이야……."

『애송이, 애송이, 슬슬 놔줘라. 점점 젊은 처자가 내면 안 될 비명이 나오는군.』

맞는 말이라서 놔줬다.

손을 놓은 직후, 린은 번개처럼 지팡이를 들고 모든 힘과 체중을 실어 내게 내리쳤다.

깡, 하고 둔탁한 소리가 났다. 목제인데 이상하리만치 단단한 지팡이와 내 칼집이 부딪쳐 힘겨루기를 벌였다.

"허억, 허억, 허억……."

"미안, 잠깐, 잘못했어, 엄청 짜증 났지만, 그거랑 별개로 사과할 테니까 표정 풀어."

린의 심녹색 눈동자가 퍼렇게 번뜩였고 충혈되었다. 악귀가 있다면 이런 얼굴일까.

이 가느다란 팔이라도 《스피어》가 들어간 모험가의 완력으로 휘두르면 뭐든 흉기가 된다. 머리에 직격하면 목숨이 위험하므로 내가 저자세로 나가서 상황을 수습하려고 했다. 나는 어른이니까.

『……저자세인가?』

"마음을 읽지 마."

우리는 그 자세로 당분간 대치했지만, 힘 싸움을 해봤자 승산이 없다고 판단했는지 린은 한발 물러나 뚱한 표정으로 말했다.

"오늘 저녁에 하크라한테 나올 닭, 제가 먹을 거니까 그런 줄 알아요!"

"이걸 먹을 걸로 타협하는 점이 너답다……."

"절대로, 절대로 용서 안 해줘요!"

"자기가 당하면 뒤끝이 장난 아니군……."

"제가 건방지게 행동한 건 이걸로 없던 일로 해줄 테니까 고맙게 생각하세요!"

"말을 이상하게 하네."

난생처음 듣는 문장이었다.

쓸데없고 부질없는 다툼은 이렇게 끝났다. 사실 남의 랭크를 묻고 본인은 말하지 않는 것은 모험가 사이에선 상식 밖의 결례다. 남에게 이름을 묻고 자기 이름을 숨기는 셈이니까 내 대응도 딱히 틀리지는 않았다.

……나, 이 여자한테 둘 다 당했지.

"그래서, 결국 네 《랭크》는?"

이러고 또 얼버무리면 이번에야말로 두개골을 으깨버리겠다는 의도로 손바닥을 펼쳐 보이자 린은 식은땀 한줄기를 흘리며 크게 한숨 쉬었다.

"EX예요. 「마물 사역자」라는 분류는 길드에 없으니까요."

EX. 별격의 존재, 혹은 분류 불가.

길드가 『어떻게 분류해야 할지 모를 때』 붙이는 계급— 어떤 마물도 적이 되지 못하지만, (아마)전투력은 그다지 높지 않은 린에게는 타당한 평가였다.

"……정말로 예측이 안 되는 녀석이군."

일단 분이 풀렸으니까 이 이야기는 여기서 끝냈다. 본론은 따로 있다.

"_____."

 ……마을 한복판에서 소란을 피운 탓에— 그늘에서 우리를 빤히 노려보는 사람이 있다는 사실을 그때의 나는 깨닫지 못했다.

 지금 돌이켜보면, 이때 대처했더라면 귀찮은 일에 휘말리지 않았을 텐데.

◆

 숲이라고 해도 주민이 자주 이용하는 곳이라서 길은 어느 정도 있었다. 짐승이 다니는 좁은 길도 많지만, 히드라가 살던 숲과는 비교도 할 수 없게 쾌적했다.

 "느긋하게 마을 밖에서 과일을 수확할 정도니까 마소도 옅겠지."

 인간이 산소로 호흡해 살아가듯 마물에게는 마소가 필요하다.

 강한 마물일수록 많은 마소가 필요해서 마소가 짙은 지역에는 강한 마물이 많다…… 바꿔 말하면 마소가 옅은 곳에는 강한 마물이 나오지 않는다. 즉사하지는 않더라도 너무 위험하기 때문이다.

 인간이 아무런 준비도 없이 높은 산에 오르면 고산병에 걸리는 것과 비슷하다고 한다.

 그러니까 인간이 마을이나 도시를 세우는 곳은 당연히 마소가 옅은 곳인데…… 그런 의미에서도 코볼트는 『약한 마물』이라서 마을과 숲 중간에 서식한다.

"그나저나 코볼트가 인간을 습격한다는 얘기는 처음 들었어."

방해되는 초목을 칼집으로 쳐내면서 불쑥 중얼거렸다.

그만큼 코볼트는 인간에게— 직접적으로 해를 끼치지 않는 마물이었다.

먹이가 부족해서 과수원 상품을 훔치는 사건이 있었다면 이해할 수 있겠지만, 적어도 라이데아에서 그런 일은 없었다고 한다.

"음…… 하크라, 코볼트가 뭘 먹는지 아세요?"

그 말을 듣고 나는 잠시 생각했다. 코볼트 자체는 자주 보는 마물이었다. 다시 한 번 말하지만, 도시에서 기르는 코볼트도 있을 정도다.

다만, 그것들이 먹이를 먹는 모습은 보지 못했다. 아마 날고기라도 먹지 않을까.

"글쎄, 역시 고기인가?"

"반은 정답이에요."

"뭐가 반이야?"

"고기를 먹는 코볼트도 있고, 과일을 먹는 코볼트도 있다고요."

잘 이해가 되지 않아서 의아한 표정을 짓자 린이 잠시 고민하다가 말했다.

"쉽게 말해서 코볼트는 잡식이에요. 흙까지는 못 먹어도 영양이 있으면 뭐든 먹어요. 고기, 생선, 과일, 채소, 나무뿌리까지. 뭐…… 슬라임보다는 덜 하지만요."

린은 팔로 끌어안은 슬라임을 봤다.

"그렇군."

나도 린이 끌어안은 슬라임을 봤다.

『하고 싶은 말이 있으면 해.』

유기물뿐 아니라 몸에 넣을 수 있으면 금속이고 독이고 다 녹여 먹는 최강의 잡식성 생물도 있지만, 그 얘기는 넘어가자.

"코볼트의 식성은 굉장히 독특해요. 인간이 도시에서 기르는 가장 큰 이유이기도 한데…… 하크라는 각인 효과라고 알아요?"

린은 손가락을 하나 세우고 설명을 줄줄 늘어놨다. 별로 관심은 없지만, 말없이 수풀만 치기도 심심해서 말장단을 맞췄다.

"응? 새가 태어나서 처음 본 걸 부모로 생각하는…… 그거?"

"그거요, 그거. 각인 효과. 새의 경우는 부모의 슬하에서 벗어나지 않기 위한 학습 능력인데, 코볼트의 식성이 그것과 유사해요. 「태어나서 처음 먹은 것과 그 비슷한 것들이 평생의 주식이 돼요. 예를 들면……."

린은 머리 위에 열린 엘리세를 가리켰다.

"태어나서 바로 엘리세를 먹은 코볼트라면 주식은 과일이 되죠. 어떤 환경에서도 식량을 확보해 살아남을 수 있게 진화한 코볼트는 자신의 주식을 효율적으로 소화할 수 있도록 내장을 변화시켜요. 그래서 다른 유형의 먹이를 신체적으로 섭취할 수 없어요."

"유형?"

"처음 먹은 음식이 과일이면 채소까지는 아슬아슬하게 가능한 수준이에요. 그런 코볼트는 고기나 생선을 먹어도 소화할 수 없어서 토해내죠. 대신 영양 섭취 효율이 좋아서 배설물이 적고, 덩치에 비해서 적게 먹어요. 개체 차이는 있지만."

"오호라, 특이하네."

태어날 때는 뭐든 먹을 수 있지만, 한 번 먹고 나면 그것밖에 먹지 못한다는 말인가.

"그래서 굳이 인간을 덮치는 마물이 아니에요."

"그런데 실제로 피해가 생겼잖아."

"지금까지 인간에게 관심이 없었던 건 **코볼트가 인간을 먹이로 생각하지 않아서**예요. 즉, 코볼트가 인간을 잡아먹으려고 덮친다면— 식성이 변할 만한 사태가 일어났다는 뜻이에요."

린은 손가락을 내리며 이야기를 이어갔다.

"코볼트는 일 년 내내 번식해요. 한 번에 낳는 새끼는 많아봤자 두 마리지만, 임신부터 출산까지 한 달도 안 걸려요. 코볼트만큼 약하면 다른 동물과 마물의 먹잇감이 되기 쉬우니까 일단 많이 낳고 보는 거죠."

자연의 섭리, 약육강식에 대해 약자가 내놓은 해답이었다.

부족한 힘을 수로 보충하는 생물의 대표 주자는 인간 같기도 하지만…….

"보통은 부모가 먹는 것을 나눠주니까 식성도 부모를 따라가지만, 만약 새로운 새끼가 태어났을 때 식량 사정에 문제가 있으면 그 세대의 주식이 변할 수도 있어요."

"……그 말은."

린은 내가 말로 하지 않은 예상을 긍정했다.

"네. 식인 코볼트가 태어났다면 그 새끼도 식인으로…… 식성을 계승하겠죠."

드디어 린이 이 의뢰를 받은 이유를 알았다.

몇 번이나 말하지만— 코볼트는 별 볼 일 없는 마물이다. 어쩌면 마물로 분류조차 되지 않을 수준으로, 차라리 굶주린 야생동물이 더 위험하다.

하지만 생물이라면 살기 위해 먹어야 하고, 그럴 수 없는 환경에 놓이면…… 죽기 살기로 발악할 것이다.

린의 설명이 전부 옳다면 식인 코볼트가 설령 우발적인 돌연변이라도 부모에서 자식에게로 계속해서 식성이 이어진다.

만약 코볼트의 번식 속도로 식인 코볼트가 불어난다면…….

『아씨, **이번에는 어떻게** 하지?』

여전히 고민스러운 표정을 지은 린에게 슬라임이 물었다. 린은 침음하며 잠시 뜸을 들이다가…….

"적당히 균형을 맞추면 될 텐데, 인간은 알 수 없으니까요."

○

"하크라, 하크라."

"왜."

"저거, 저거 따주세요."

"너 대체 얼마나 먹는 거야!"

아씨가 가리킨 곳에는 탐스럽게 익은 빨간 엘리셰가 열려 있었다. 야생 엘리셰는 다른 나무에도 주렁주렁 달렸지만, 그 엘리셰는 가지 끝에 열려 아래로 늘어졌다. 긴 막대라도 있으면 사다리 없이 딸 수 있는 높이였다.

"네 지팡이로 따. 닿잖아."

애송이는 아씨의 지팡이로 눈길을 보냈다. 끝에 커다란 보석이 들어가 척 보기에도 비싼(그리고 실제로도 돈으로 환산하기 힘든) 물건이었다.

"네에?! 유서 깊은 린그린의 보석 지팡이를 과일 따는 데 쓰라고요?!"

보충 설명을 하자면 아씨는 애송이와 만난 뒤 오늘까지, 그리고 먼 옛날, 자기 소유가 되기 전부터 《유서 깊은 지팡이》^{에메라일릴}로 나뭇가지와 수풀을 쳐냈다.

"그럼 내 칼은 과일 따려고 샀냐!"

"뭐예요, 쪼잔하게!"

『그보다 저 높이는 뛰면 닿지 않나.』

"이 나이에 과일 하나 따자고 폴짝폴짝 뛰는 게 더 한심해……."

"어련하시겠어요. 이제 됐네요~. 하크라한테 부탁 안 할 거거든요~, 메~롱."

"너 지금 몇 살이냐?"

아씨는 실컷 구시렁대며 나무 기둥을 찰싹찰싹 만졌다.

나는 아씨의 사전에 『포기』라는 말이 없다는 것을 안다. 만약 사전을 뒤져도 처음 나올 말은 집착이며, 유의어는 초지일관이라고 적혀 있을 것이다.

"……너, 뭐 하는—."

애송이가 뭐라고 묻기 전에 매서운 충격이 나무 기둥을 때렸다. 아씨의 날카로운 앞차기였다.

폭음, 그리고 가느다란 잎이 일제히 흔들리며 나무가 비명을 질렀다. 가지에 머물던 크고 작은 새들이 놀라 도망쳤다. 모험가의 각력이 자연을 강타하자 가지와 과일이 비처럼 쏟아졌다. 나무에는 큰 동공이 생겼다. 너무 과하다.

"와~, 많다~!"

"너, 뭐 하는 거야?!"

"네? 하크라가 안 따주니까 제가 어쩔 수 없이 자연 파괴를 할 수밖에 없었잖아요."

"내 탓 하지 마. 이 숲의 고요한 평화를 깨뜨린 건 너야."

아씨는 무수히 떨어진 엘리셰 중 하나를 주워 치맛자락으로 닦아 먹었다. 그것을 본 애송이의 어깨가 절로 처졌다. 기왕 이렇게 된 거 나도 하나 챙기기로 했다. 빨갛게 익은 엘리셰는 그야말로 지금이 제철이었다.

하지만 잘 익었다는 것은 잘 썩는다는 말이기도 하다. 그래서 막 딴 신선한 엘리셰는 산지 근처에서밖에 먹을 수 없다. 대개 소금이나 설탕에 절이거나 말려서 유통하며 라이데아 주민들의 일도 대부분 엘리셰 가공일 것이다. 그런 의미에서 이건 지금밖에 먹을 수 없는 맛이었다.

"하크라, 뭐 해요?"

"뭐가?"

아씨는 엘리셰를 삼킨 나를 끌어안고 이미 옆 풀숲으로 자리를 옮겼다.

땅에 떨어진 엘리셰를 허리 주머니에 주워 담으면서도 몸을 숨기고 있었다.

"어유, 멍하게 서 있지 말고 빨리 여기로 오세요."

"왜 이런 짓을 벌인 녀석한테 그런 소리를 들어야 하지……."

아씨의 의도를 이해하지 못했을 애송이는 포기한 듯이 지시에 따랐다. 똑같이 풀숲으로 들어와 아씨가 찬 나무를 바라봤다.

"그래서 지금 뭐 하는 거야?"

"일단 보고 계세요. 아, 하나 드실래요?"

"……응."

애송이는 잠시 생각하다가 아씨가 내민 엘리셰를 받았다. 아삭 소리가 듣기 좋게 울렸다.

"아, 젠장. 맛은 좋네……."

"목도 축이고 일석이조네요. 앗, 왔어요, 왔어."

"엉?"

아씨가 두 번째 엘리셰를 다 먹었을 즈음, **그 녀석**이 나타났다. 주변을 두리번거리며 발소리가 나지 않게 살금살금 걷는 그것은 틀림없이 코볼트였다. 키로 보아 성체다.

애송이는 감탄한 것처럼 고개를 끄덕거리고 아씨를 봤다.

"오, 코볼트를 유인하려는 거였어?"

땅에 떨어진 엘리세 몇 개는 상처가 나거나 깨져서 달콤한 향기를 주위로 퍼뜨렸다. 코볼트는 계속 주변을 경계하며 떨어진 엘리세에 조심조심 손을 뻗었다.

"좋아, 사냥할까."

애송이가 일어서며 허리춤에 찬 검을 뽑으려는데, 아씨가 황급히 그 팔을 잡았다.

'잠깐만요, 뭐 하려고요?'

'뭐냐니, 코볼트 사냥이지.'

'야만인! 이 야만인! 됐고, 조용히 보기나 해요!'

애송이가 떨떠름하게 물러났다. 잠시 지켜보자 코볼트는 엘리세를 한 아름 안고서 왔을 때와 똑같이 주변을 경계하며 떠났다.

"……좋아, 쫓아가죠."

코볼트가 보이지 않게 됐을 때, 아씨는 자리에서 일어났다. 애송이도 그것을 보고 이해한 것 같았다.

"보금자리를 알아내서 싹 다 잡아 죽이겠다는 거군? 전문가다워."

"야만인! 이 야만인! 아니거든요!"

"뭐? 그럼 왜 굳이 놔줘?"

"텅 빈 머리에 정보를 좀 채워 넣으세요! 코볼트 식성은 고정된다고 말했잖아요! 과일을 식량으로 모으는 코볼트는 사람을 잡아먹지 않아요!"

"아니, 그건 기억하는데……."

"그런 사람이 갑자기 야만인 소드부터 꺼내요? 머리가 야만인
이에요?"

"야만인 타령 좀 그만해! 그리고 이게 무슨 의미가 있어?"

"네?"

아씨는 고개를 갸웃거렸지만, 애송이의 얼굴에도 똑같이 이해
불가라는 네 글자가 적혀 있었다.

"《퀘스트》 내용은 **코볼트 퇴치**야. 원인 조사가 아니라. 코볼트
를 소탕하지 않으면 의뢰 실패라고."

왜 식인 코볼트가 태어나는지는 주민들에게 아무래도 좋은 이
야기였다.

그보다 단순명료하게 코볼트를 전부 죽이면 피해는 더 이상 생
기지 않으니까 애송이의 주장은 지극히 타당했다.

모험가란 합리적인 생물이다. 쓸데없는 짓은 하지 않고, 사서
고생하지도 않는다.

의뢰에서 시킨 일이 아니면 하지 않고, 부탁하지 않은 일에 참
견하지도 않는다.

그리고 그건…… 아씨의 방침과는 다르다.

"제 일은 균형을 잡는 거예요."

"균형?"

"**인간과 마물의 균형**이요. 제 입장은 중립이고, 한쪽으로 치우

치는 건 용납되지 않아요."

"누가 용납하지 않는데?"

"입장일까요."

애송이의 표정이 점차 일그러졌고, 설명을 요구하듯 내게 눈길을 보냈다.

심정은 이해한다. 애송이가 하는 말은 **하나도 틀리지 않았다.**

"그냥 제가 시키는 대로 해주세요. 코볼트를 발견해도 절대로 먼저 공격하면 안 돼요, 알았죠?"

잘못됐다면 그건 아씨 쪽이었다. 적어도 인간의 논리로는.

"……뭐, 네가 고용주니까 그래야지."

석연찮은 기색이지만, 고용주의 방침에 거스르는 것도 비합리적이다.

버릇인지 애송이는 자기의 흰 머리를 벅벅 긁었다.

"그래서 어떻게 쫓게? 이미 안 보이는데."

"발자국 정도는 추적할 수 있다고요."

아씨는 몸을 살짝 숙여 땅을 응시했다. 미세하게 밟힌 흙과 풀을 찾는 것이다.

10초도 걸리지 않아서 코볼트가 돌아간 길을 예측했는지, 의기양양하게 애송이를 돌아보고 걸어갔다.

"하크라를 찾은 것도 이런 소박한 능력 덕분이에요. 대단하죠?"

"거참 고마운 능력이네."

"……지금, 감사하는 마음을 충분히 담았나요?"

"그건 말라붙은 지 오래야."

◆

내가 린의 보폭에 맞추려면 속도를 살짝 낮춰야 했다. 심지어 앞장선 사람이 잘 보이지 않는 발자국을 추적하느라 별로 먼 거리도 아닌데 10분은 걸어야 했다.

"으음, 이 부근이네요."

린이 그렇게 말하고 가리킨 곳은 막다른 곳…… 흙이 절벽처럼 깎인 곳이었다. 3미터쯤 될까? 마음만 먹으면 올라갈 수 있지만, 린은 위쪽이 아니라 땅 아래를 보고 있었다.

적어도 나는 그곳에 『뭔가 있다』라고 느끼지 못했다.

"……어디야?"

"잠깐만요, 확인하고 있어요."

빙글빙글 주위를 돌아보고 초목을 헤치거나 나무 위를 빤히 바라봤다.

옆에서 보면 정신이 이상한 사람처럼 보이지만, 아마 필요한 행동일 것이다. 그러면 나는 할 수 있는 일이 없다.

『신기하지? 아씨가 하는 행동이.』

그 작업에 방해가 되는지 땅에 방치됐던 슬라임이 내 발치로 다가왔다.

"아니…… 또 발자국이라도 찾는 거 아냐?"

『그게 아니야. 왜 아씨는 코볼트 퇴치 《퀘스트》를 받았다고 생각하나?』

작업을 멈추고 뭔가 생각하던 린을 두 명(?)이 함께 바라봤다.

『인간을 먹는 코볼트가 나왔다. 번식 속도도 식성 계수도 문제— 하지만 **그뿐**이지. 우리가 나서지 않아도 시간이 해결해 줄 문제야.』

"린의 설명이 맞다면 쉽게 해결될 것 같지 않은데?"

『쉽게 해결되어 버리니까 아씨가 구태여 이곳까지 온 거다.』

슬라임은 몸을 크게 떨었다. 아마 한숨 쉬는 동작인가 보다.

『사실 네 말이 맞다, 애송이. 이런 《퀘스트》는 굳이 너 같은 모험가까지 대동해서 할 일이 아니야. 합리성을 따지면 비합리적이기 짝이 없지. 심지어 아씨는 더 번거로운 방식을 택하려고 해.』

"……그렇지."

이 의뢰는 본래 신참용 《퀘스트》라서 보수도 변변찮았다. 수고와 노력의 반대편 저울에 실어야 할 보수가 너무 가벼웠다.

내가 제 돈을 들여 동행해야 했다면 무조건 거부했을 것이다.

"애초에 나는 저 녀석을 잘 모르겠어."

『흠?』

"이름도 밝히지 않지, 목적도 모르겠지, 말하는 마물까지 데리고 다녀. 가진 능력도 말이 안 돼. 그런데 이상하게 속물 같고, 하는 짓은 의미를 모르겠어. 하지만 가장 모르겠는 건—."

『왜 **너를 고용했는가**겠지.』

"그래."

린은 애초에 어떤 마물과도 「적대하지 않는 능력」을 가졌다. 전 세계의 모든 모험가가 군침을 흘릴 이능력이었다. 그다지 머리가 좋지 않은 내가 조금만 생각해도 돈 벌 방법이 무궁무진하게 떠올랐다.

이렇게 흙먼지를 뒤집어쓰며 모험가 노릇을 할 필요가 없다.

그런 린이 왜 무자비한 돈거래까지 하며 나를 데리고 오기로 결정했는가.

"아까는 모르는 척 《랭크》를 물었지만, 나를 찾으러 온 시점에서 내 《정보》를 봤을 거 아냐? 애초에 나는—."

『알고 있다마다.』

슬라임은 몸을 흔들거렸다. 왠지 눈(으로 보이는 핵 두 개)가 가늘어진 것처럼 보였다.

『아씨는 전부 알고도, 애송이 너를 고른 거야. 오히려 너보다 너에 대해서 잘 알지.』

"……그건 또 무슨 소리야?"

『언젠가 알게 될 거다. 내가 설명하는 것보다 아씨가 설명하는 편이 낫겠지. 일단 지켜봐 주지 않겠나? 아씨가 어떤 **존재**인지.』

다시 린에게로 시선을 돌리자 고민을 끝냈는지 네 발로 엎드려 수풀을 헤집고 있었다.

"찾았어?"

"네. 빨리 와서 보세요. 제 수색의 성과를 두 눈으로 확인하고 칭찬해 주세요."

"우와— 대단하다—."

린이 치운 풀 아래, 흙벽 아래에 작은 구멍이 있었다. 어린애가 몸을 눕히고 머리를 들이밀면 간신히 안쪽까지 들어갈 수 있을…… 그 정도의 크기. 그래도 도중에 몸이 걸려서 돌아오지 못할 위험성이 있지만.

"야생 코볼트는 대개 이런 흙을 파서 둥지를 만들어요. 입구가 작으면 적이 침입하기 어렵고 발견하기도 어려우니까요."

"그래, 여러모로 생각했군."

만약 코볼트를 소탕하더라도 이 안에 숨으면 귀찮아지겠다.

"그래서 여기서부터 어떻게 하게? 굳이 놔준 건 목적이 있어서지?"

"물론이죠. 일단 안에 있는 애한테 이야기를 듣고 싶어요."

"미리 말하는데 나는 못 들어간다?"

"저도 못 들어가요. 아오."

린이 찰싹 친 슬라임은 몸을 몇 번 옆으로 흔들었다.

『흙범벅이 되기는 싫다만.』

"너도 위생을 신경 써?"

나도 흙탕물이 된 슬라임과 함께 있기는 싫다.

하지만 그러면 남은 방법은 굴을 파괴하는 정도인데 칼로 흙벽을 파내기는 어렵다. 마을에서 곡괭이라도 빌려와야 한다.

"괜찮아요. 못 들어가면 나오라고 하죠."

"뭐?"

린은 우선 근처에 있는 나무 몇 그루를 만졌다.

이것도 아니고 저것도 아니라며 뭔가를 찾더니 곧 가지가 말라가는 나무 앞에 멈췄다.

"음, 여기인가."

손에 든 지팡이 끝으로 땅을 몇 번 툭툭 찌르자…….

"와."

반대쪽 끝에 있는 커다란 보석에서 녹색 빛알갱이가 퍼졌다.

마도사가 마법을 쓸 때 《스피어》에서 나는 빛과 비슷하지만, 그 빛은 농도도 밀도도 현격히 달랐다.

"……그래서?"

하지만 그 현상이 잦아든 뒤에도 별다른 변화는 보이지 않았다. 그래도 린은 일을 마친 것처럼 이마의 땀을 소매로 훔치고 있었다.

"코볼트 굴은 짝과 아이가 생활할 수 있도록 입구는 좁게, 안쪽은 넓게 만들어요. 높이도 키보다 살짝 높게 공간을 확보하니까 보통 나무뿌리 아래를 보금자리로 정하죠."

"그러니까 굴에서 끌어내기 어렵다는 이야기 아니야?"

"네, 그래서 지금 **파달라고** 했어요."

누구에게? 내가 그렇게 묻기 전에.

"캬아아아아아우! 캬오오오오오!"

귀를 찢는 무시무시한 절규가 굴 안쪽에서 울려 퍼졌다.

"뭐야뭐야뭐야?!"

굴 안에서 희미하게 다른 소리가 들렸다. 뭔가가 움직이는 소리. 뭔가가 부러지는 소리.

"캬아아아아아아아아아우!"

곧 굴 입구로 코볼트 한 마리가 얼굴을 내밀었다. 개체를 식별할 자신은 없지만, 아마 엘리셰를 주워간 녀석이다.

"캬우, 캬우, 캬우!"

마물의 감정 따위 지금까지 신경 쓴 적이 없지만, 이 녀석은 명확하게 초조감과 공포로 떨고 있었다.

안에서 무슨 일이 있었지……?

해답은 제 발로 찾아왔다. 코볼트가 구멍에서 완전히 빠져나오고 몇 초 뒤, 다른 생물이 느릿하게 고개를 내밀었다.

『…….』

삐죽하게 튀어나온 가늘고 긴 코로 흙을 벅벅 파며, 즉, 굴 입구를 마구잡이로 확장하며 그 녀석이 나왔다.

두 앞발에 날카로운 발톱이 달린…… 납작한 동물, 이라고 표현해야 할까?

쭉쭉 늘어난 코는 기묘하게 길고, 몸은 1미터를 가뿐히 넘었다. 이건…….

"거, 거대 ^{빅 몰}두더지?"

이름 그대로 거대한 두더지 마물. 땅속에 크고 긴 터널을 만들어서 밭을 망가뜨리고, 빈도는 높지 않지만, 가끔 가도도 무너뜨린다.

두더지는 가만히 린을 바라봤고…… 아니, 눈이 없으니까 얼굴 같은 부위를 들었을 뿐이지만, 린이 가죽 주머니에서 무엇을 꺼내 땅에 놓자 그것을 느릿느릿 입에 넣었다.

"……어? 뭐야, 지금 그거."

"저 나무 아래를 침실로 쓰는 애한테 도움을 요청했어요. 저 나무, 살짝 말랐죠? 이 아이가 굴을 파느라 뿌리가 끊겨서 그래요."

"아니, 장소를 알아낸 방법을 묻는 게 아니라……."

커다란 두더지에게 보금자리를 파괴당한 코볼트는 마른하늘에 날벼락이었을 것이다. 몸을 움츠리고 부들부들 떨고 있었다.

"어때요? 이게 태초의 마녀 린그린의 정통 후계자, 마물을 부리는 아이의 힘이에요."

린이 자랑스럽게 가슴을 쭉 내밀었다.

모든 마물은 「마물을 부리는 아이」인 린이 하는 말을 듣는다고 한다.

그렇다면.

나는 내 생각을 솔직하게 말했다.

"……처음부터 그 코볼트한테 굴에서 나오라고 명령하면 안 됐어?"

"……."

내 질문에 린은 잠시 침묵했다.

그리고 그 자리에서 고개를 끄덕거리더니 쭈그려 앉아 두더지의 머리를 쓰다듬었다.

"해결했으면 됐죠."

"저걸 보고도 불쌍하다는 생각은 안 들어?!"

코볼트는 다리의 힘이 풀렸는지, 아직 일어날 기색 없이 떨고 있었다. 왜 내가 감정 이입을 해야 하지?

"아, 거대 두더지는 육식이고 땅에 구멍을 파서 사는 마물이라서 의외로 그런 경우가 있어요. 거대 두더지가 땅을 파다가 코볼트 둥지를 발견해서 그대로 잡아먹는 경우가."

"그러니까! 겁을 먹지!"

안전하다고 생각한 보금자리에 갑자기 포식자가 나타났다. 코볼트가 느낀 공포는 이루 말할 수 없으리라.

"이왕 겁먹은 김에 도와주고 생색이나 부리죠?"

"너는 악마냐!"

내가 진심으로 경악해 소리치자 린은 어리둥절하게 고개를 갸웃거렸다.

"악마는 하크라겠죠."

"너랑 비교해서 나쁜 놈 취급받으면 재기 불능이야!"

나는 정말로 아무것도 안 했다. ……다짜고짜 몰살하려고는 했지만.

"그리고 뭐든 무조건 복종시키는 능력은 아니에요. 이 아이에게도 제대로 대가를 치렀잖아요."

"대가?"

"밥이에요, 밥. 한 끼 식사를 대가로 굴에서 끌어낸 거예요."

린이 다시 가죽 주머니에서 꺼내어 보여준 것은…… 간략하게 말하면 손바닥 위에 올려놓을 크기의— 거대한 애벌레였다.

"으아아아아아아아!"

자세히 보라고 얼굴 가까이 가져다주는 원치 않은 배려 덕분에 그 징그러움을 보고 그만 비명을 지르고 말았다.

"꺄아! 가, 갑자기 왜 소리를 질러요!"

"갑자기 보여주면 누구든 놀라지! 그건 대체 어디서 난 거야!"

"큰 얼룩 독나방 유충이에요. 아, 성체가 되기 전에는 독이 없으니까 맨손으로 만져도 돼요."

"내가 하고 싶은 말은 그게 아니라!"

"방금 나무를 찼을 때 과일과 같이 떨어진 걸 선견지명이 있는 제가 잡아둔 건데요~? 저는 항상 미래를 생각해두고 행동하거든요~?"

린은 삐져서 대답하면서도, 자세히 보면 보라색과 핑크가 섞여 색깔부터 독충 같은 그것을 두더지에게 휙 던져줬다.

거대 두더지는 애벌레를 몇 마리 먹고 만족했는지, 혹은 용무를 마쳤다고 생각했는지, 느릿느릿하게 코볼트 굴로 돌아갔다.

······이 코볼트는 이제 굴로 돌아갈 수 없을 것 같은데 괜찮을까.

아니, 딱히 코볼트가 어떻게 되건 내 알 바는 아니지만······.

"어쨌거나 무사히 목표를 확보했네요. 이 얼마나 깔끔한 일 처리인가요! 칭찬해주셔도 돼요, 하크라."

"······아니, 잠깐. 너, 처음에는 나한테 칼로 과일을 따라고 했잖아."

나무는 홧김에 찼지, 꼭 발로 찰 필요는 없었다. 즉, 단순한 우연이지 않은가.

"……."

린은 내 지적에 다시 말없이 고개를 끄덕이더니 마침내 천천히 코볼트 쪽으로 고개를 돌렸다.

"……겁줄 생각은, 없었답니다~."

"거짓말하지 마, 인마."

"뭐, 결과만 좋으면 됐죠. 저기요, 안녕하세요?"

린이 웃으며 손을 흔들자 코볼트는 흠칫 놀라며 가느다란 비명을 질렀다.

결과가 전혀 좋지 않았다. 마물과 의사소통할 수단이 있다고 해도 소통의 첫걸음이 최악이었다.

"왜지…… 안전을 확보해줬는데."

"원래 안전하던 집에서 쫓겨나서 그러지 않을까……."

"안전하지 않다는 사실이 판명됐으니까 기뻐해야 하지 않나요?"

"저 당장에라도 과호흡으로 죽을 것 같은 코볼트한테 똑같이 말해봐."

그런 부질없는 대화를 나누면서 린은 다시 코볼트에게 한 걸음 다가갔고—.

"삐, 삐이이이이이이이이이이이이이이이이익!"

도망쳤다. 몸의 탄력을 전부 이용해 일어난 코볼트가 뒷다리를 접은 뒤 쏜살처럼 튕겨 나갔다. 손을 뻗은 린이 무심코 비명을 지를 만큼 날쌘 반응이었다.

우리를 적으로 인식한 코볼트가 이 상황에서 할 수 있는 유일한 행동이었을 것이다. 아무리 생각해도 그게 최선의 답이며, 그 선택을 실천한 것 자체는 칭찬할 만했다.

"빡!"

내 옆을 지나치려던 차에 칼집으로 다리를 걸었다. 기세를 죽이지 못한 채 넘어진 코볼트는 몸을 세게 부딪치며 굴렀고 물웅덩이에 얼굴을 처박았다.

"아…… 하크라 정말 너무하네."

"내 딴에는 너를 도와준 건데……?"

쓰러진 코볼트는 비틀비틀 일어나려다가 또 넘어졌다. 타격이 컸거나, 아니면…….

"응?"

아니다. 제대로 일어나지 못하는 이유는 몸을 마음대로 움직이지 못하기 때문이었다. 자세히 보니 물웅덩이에서 허우적거리는 게 아니라 **물웅덩이가** 사지를 옭아매고 있었다.

『무례를 용서해라, 코볼트.』

"삐야아아아아아아아아아아아아아아아?!"

『잠깐잠깐잠깐, 가만히 있어, 욘석아.』

"슬라임한테 잡히면 나도 그럴걸."

당사자 시점에서는 잡아먹힐 뻔한 직후니까…….

그것도 오해지만.

"나이스, 아오! 그대로 잡아두세요!"

코볼트 시점에서는 절체절명. 린의 발이 땅을 디딜 때마다 움찔거리는 모습은 불쌍해서 봐주기 어려웠다.

"잠깐!"

린이 딱 한 걸음 앞까지 다가갔을 때, 낯선 목소리가 숲속에 울렸다.

동시에 코볼트의 귀가 쫑긋거렸고…… 으르렁거리며 이빨을 숨김없이 드러냈다.

"응?"

돌아본 내 시야에 목소리의 주인이 들어왔다. 어린아이였다.

갈색 머리를 두껍게 땋고 간소한 옷을 입은, 어느 마을에나 있을 열 살 전후의 평범한 소녀.

가슴을 붙잡고 거친 숨을 몰아쉬는 소녀는 필사적인 표정으로 내 다리에 매달렸다.

"뭐, 뭐야, 넌."

"루돌프를 괴롭히지 마! 그 애는 나쁜 애가 아니야!"

"아니, 기다려 봐."

"뭔가 잘못했으면 내가 사과할게! 제발, 그만해!"

"알았으니까 진정—."

"안 돼, 루돌프—! 죽으면 안 돼—!"

"울지 마아아아아아아아아아아!"

엉엉 울기 시작한 소녀를 보고 코볼트— 루돌프라고 불린 녀석은 으르렁거림의 톤을 바꿨다.

『읏, 요 녀석, 가만히 있어.』

"크르, 으으으으으으으으으으으으으으으으!"

구속되어 움직이지 않는 몸을 억지로 끌며, 있는 힘을 다해 내게 적의를 드러냈다. 시선과 기운으로 전해졌다.

『그 아이한테 무슨 짓을 하면 절대로 용서하지 않겠다』라고.

"—아무 짓도 안 하니까 좀 봐주라. 이게 대체 무슨 상황이야……."

오열하는 소녀의 눈물과 콧물로 젖는 바지를 보면서 나는 땅이 꺼지게 한숨 쉴 수밖에 없었다.

○

"저는, 테토나 헤드나 라이데아, 예요. 열한 살이에요."

마침 적당한 그루터기가 있어서 우리는 소녀를 앉히고 자기소개를 들었다.

우두머리 혈족의 여성— 헤드나라는 이름이 붙었다면 라이데아 촌장의 가족인가. 아마 손녀일 것이다.

그 코볼트 —이름은 루돌프라고 한다— 는 지금 테토나 양을 지

103

키듯 옆에 붙어서 떨어지려고 하지 않았다.

"저는 린이고 이 사람은 하크라, 이 아이는 아오예요. 반가워요, 테토나."

아씨가 다정다감하게 미소 짓자 테토나 양은 여전히 긴장했지만 경계심을 살짝 풀고 고개를 끄덕였다. 머리가 좋아서 이럴 때는 착한 언니인 척하는 게 특기다.

"아오?"

『아씨가 소개한 슬라임 아오다. 기억해 주면 고맙겠군, 아가씨.』

생각을 들킨 느낌이 들어서 즉시 자기소개로 넘어갔다. 뭔가 얼버무릴 때는 이야기를 진행하는 게 최고다.

"마, 말했어……! 슬라임이, 말했어, 루돌프!"

『그래, 나는 보통 슬라임과 조금 다르니까. 해는 끼치지 않는다. 안심했으면 좋겠군.』

"와…… 대단해."

"끄응…….""

흥분해서 루돌프의 머리를 끌어안은 테토나 양을 애송이는 통명스러운 얼굴로(눈물, 콧물로 바지가 전부 젖은 탓이다) 바라보고 있었다.

"그래서 너는 왜 이런 곳에 왔어? 식인 코볼트가 나온다는 거 알지?"

그런 얼굴로 물으니까 내가 연 마음의 문이 빠르게 닫히고 다시 경계심이 살아났다. 애송이는 입을 다무는 편이 나을지도 모르겠다.

"괜찮아요, 하크라가 얼굴은 무서워도 의외로 다정한 부분이⋯⋯."

말을 하다 말고 아씨가 고개를 까딱 기울였다.

"하크라, 저한테 다정하게 대해준 적 있어요?"

"없어."

한 치 망설임도 없었다.

"테토나, 저기서 여자끼리 이야기할까요? 저 무서운 오빠는 내 버려두고."

"야."

"응."

"뭐가 응이야."

『애송이, 표정을 조금 더 풀어라. 마음은 이해할 수 있지만, 그게 아이한테 보일 태도는 아니잖나.』

내가 타이르자 표정이 더 안 좋아졌다. 바른말인 줄은 알지만, 받아들이지 못하는 젊은이 특유의 얼굴이었다.

"저기⋯⋯ 언니랑 오빠는 코볼트를, 퇴치하러⋯⋯ 왔죠?"

"기본적으로 그럴 생각이에요. 아, 그래도 거기 있는 루돌프는 괜찮아요. 걱정하지 말아요."

"정말요⋯⋯?"

"정말이고 말고요. 저는 거짓말만은 한 적 없어요."

"내 앞에서 그런 소리를 잘도 하네."

『애송이, 얼굴.』

테토나 양은 겁먹은 모습을 숨기지 않고 루돌프와 아씨 뒤에 숨어버렸다. 완전히 애송이가 악역이었다.

"하크라도 참, 어린애 앞에서라도 좀 웃어요. 어른스럽지 못하게."

"이 세계에서 가장 어른스럽지 못한 인간에게 그런 소리 듣고 싶지 않아, 난."

애송이의 시선이 향한 곳에는 테토나 양을 지키려고 부들부들 떨면서도 노려보는 루돌프가 있었다. 공포보다 용기가 이기는 것은 수컷의 자존심 덕분일까.

하지만 애송이는 양보하지 않았다. 눈썹 끝이 올라간 것은 내 착각이 아니리라.

"지금 라이데아의 상황에서 코볼트를 감싸는 게 무슨 의미인지, 생각은 해봤어?"

애송이의 기가 찬다는 말투에 테토나 양이 필사적으로 반박했다.

"그, 그래도…… 루돌프는, 나쁜 짓 안 해!"

"나쁜 짓을 했는지 안 했는지가 아니라, 위험한지 아닌지를 따져야지. 사람을 죽여서 잡아먹은 코볼트의 동족을, 다른 사람도 아닌 촌장의 손녀가 숨기면 할아버지의 입장이 뭐가 돼?"

그건 아이에게 들이밀기에는 너무 가혹한 현실이었다.

애송이는 틀리지 않았다. 아주 합리적인, 모험가의 사고방식이다.

"가뜩이나 촌장의 실수로 희생자가 나온 마당에 이 사실이 알려져 봐. 누가 집에 불을 질러도 이상할 게 없어."

"하크라, 하크라."

"그것까지 전부 해결하려고 우리를 고용했을 텐데 네가 다 망쳐—."

"하크라!"

아씨가 언성을 높였다. 바로 폭력을 동원하지 않는 아씨는 오랜만에 본다.

애송이는 노려본다고 해도 좋을 눈초리로 아씨를 보고, 입을 다물었다.

자신의 뒤에 숨어서— 목소리를 죽이고 우는 테토나 양을 끌어안으며…… 아씨는 타이르는 투로 말했다.

"……울어요. 그만해요."

코를 훌쩍이며 흐느껴 우는 소리가 조용한 숲에 울렸다. 루돌프는 테토나를 울린 애송이를 가만히 노려봤다.

"……."

『애송이, 네 말이 틀리지는 않았다. 그건 내가 보장하지.』

"……네가 뭔데."

애송이도 이 상황에서 더 추궁할 만큼 피도 눈물도 없는 인간은 아닌가 보다.

"사정은 모르겠지만, 우리는 모험가예요. 제대로 해결할게요. 절대로 사건이 더 커지지는 않을 거예요."

아씨는 테토나 양을 상냥하게 쓰다듬고 미소 지어 보였다. 린그린 일족은 하나같이 성격에 반비례해 얼굴만은 수려하여 이럴 때 대단히 강한 포용력을 자랑한다.

아씨의 얼마 되지 않는 미점 중 하나다.

"빨리 돌아가지 않으면 아빠, 엄마도 걱정할 거예요. 뒷일은 우리에게 맡겨 주세요. 루돌프한테도 해는 끼치지 않으니까."

적어도 이때 아씨에게 악의는 없었다. 그건 단언할 수 있다. 아무리 인간성에 문제가 있어도 어린 여자애에게 이유도 없이 상처를 줄 만큼 못돼먹지는 않았다.

"아빠는…… 없어."

그래서 그 한마디로, 울음을 참던 테토나 양의 눈물샘이 결국 무너지고 만 것은 누구의 잘못도 아니라고 생각하고 싶다.

"……우리 아빠…… 코볼트한테, 먹혀서."

……생각하고 싶지만, 얼어붙는 분위기만은 누구도 막을 수 없었다.

테토나 양의 아버지라면 촌장의 아들이나 사위일까.

어느 쪽이든 마을의 차기 지도자를 맡을 남자였을 것이다.

늙은 아버지를 대신할 건강하고 젊은 후계자는 문제가 발생했을 때 솔선해서 나서야 하는 입장이다.

그렇다면 이번에도 당연히 앞장섰을 것이다. 무기를 들고 주민들을 이끌어 식인 코볼트를 해치우기 위해 숲으로 들어갔을 것이다.

그리고 돌아오지 못했다.

조금만 생각하면 알 수 있었을지도 모른다.

촌장이 희생된 자의 이야기를 자세히 들려주지 않은 이유도.

"……."

방금 테토나 양을 『네 할아버지의 실수로 네 아버지가 죽었는데 경솔하게 코볼트를 감싸는 건 무슨 경우냐』라고 어른의 논리로 꾸짖은 애송이는 인간이 이보다 더 거북한 표정을 짓지 못하리라는 생각이 들 만큼 눈살을 찌푸리고 있었다.

『……그럼 왜 루돌프를 감싸지?』

"루돌, 프는…… 친구야……. 훨씬, 옛날부터……!"

테토나 양은 작은 팔로 루돌프를 끌어안고 있었다. 루돌프는 그런 소녀를 위로하듯 작은 혀로 볼을 핥았다.

그녀의 처지라면 코볼트 자체를 두려워할 만도 했다. 누구보다 코볼트가 미울 것이다.

그래도 그녀는 지키려고 했다. 주민들에게 알려지면 루돌프가 죽는다는 것을 알기에.

"루돌프는, 나쁜 짓 안 했어……. 나쁜 건, 다른…… 그러니까 나, 나는…….."

"알았어요."

그렇게 서로를 안아주는 한 사람과 한 마리를, 아씨는 한꺼번에 끌어안았다.

"괜찮아요. 테토나 아빠의 원수는 우리가 갚을게요. 루돌프에게도 손을 대지 않고요."

『또 귀찮은 길을 고르는군.』

"그건 그거죠. 늘 있는 일이잖아요?"

나에게는 늘 있는 일이지만, 애송이는 금시초문일 것이다.

"……으음, 린. 진지하게 이야기할게."

"우, 뭐예요?"

"주민을 어떻게 설득할 생각이지? 식성의 차이는 라이데아 주민에게 아무래도 상관없는 이야기야. 하지만 코볼트가 사람을 **잡아먹었다**. 그러니까 모든 코볼트가 제거 대상. 우리에게는 그—."

마물을 고유명사로 부르는 행위에 익숙하지 않나 보다. 나도 슬라임이라고 부르는 실정이니……. 애송이는 그 이름을 부르길 잠깐 주저하다가 말을 이었다.

"—루돌프가 인간을 먹지 않았다고 증명할 수 있어? 설득할 수 있어?"

실없는 말은 한마디도 보태지 않는 진지한 말투. 그건 한 명의 인간으로서, 모험가로서 던지는 질문이었다.

"그럴 수 없으면 이 《퀘스트》는 포기해야 해. 아무 생각 없이 코볼트를 죽일 수 있는 사람이 맡는 게 맞아. 네가 코볼트의 위치를 알아내면 내가 하루 안에 처리하지."

지당한 의견이었다.

모험가가 가장 두려워하는 사태는 《퀘스트》 실패라는 『불명예』다.

즉, 가장 중요한 『이 모험가라면 《퀘스트》를 해결해 줄 것이다』라는 길드와 동업자의 『신뢰』를 잃는다는 의미다.

심지어 이건 코볼트 퇴치라는 저난이도 《퀘스트》. 설령 어떤 사정이 있어도 실패하는 게 어려운 수준이다.

만약 실패하면 적어도 에스마에서는 두 번 다시 활동할 수 없다.

게다가 다른 대륙 길드 지부에는 정보가 전달되니까 《랭크》 강등도 있을 수 있다.

이 《퀘스트》가 실패하는 패턴은 사실상 하나밖에 없다. 코볼트 상대로 모험가가 전멸할 리 없으니까 촌장이 『이 모험가들에게는 이 의뢰를 맡길 수 없다』라고 판단했을 때다.

가족을 잃고 분노하는 주민들에게 『나쁘지 않은 코볼트도 있으니까 죽이지 맙시다』라고 말하면 어떻게 될까.

적어도 평화로운 설득은 불가능하리라.

"그러네요……."

아씨도 이 질문에는 진지하게, 장난기 없이 대답했다.

"60퍼센트는, 설득할 수 있다고 생각해요."

"……60퍼센트라고 나눈 기준이 뭐야?"

"그야 **인간은 알 수 없으니까요.**"

그 표정에 장난기는 전혀 없었다. 오로지 마음에서 우러나온 진심을 토로했다.

"**원인은 알아요.** 무슨 일이 일어났는지도 알아요. 증거도 곧 알아서 찾아오겠죠. 그때를 대비해서 루돌프를 찾았던 거고요."

그 말에 애송이와 테토나 양은 함께 고개를 갸웃거렸다.

"대체 무슨—."

자박.

애송이의 의문은 흙을 밟는 소리와 기척으로 끊겼다.

◆

눈이 충혈됐다.

이빨을 드러냈다.

혀가 밖으로 나왔다.

삐삐 말랐는데 발톱은 이상하리만치 날카롭다.

내가 사전 정보 없이, 아무것도 모른 채 이것들을 봤다면 코볼트라고 생각하지 못했을 것이다. 소악귀^{고블린} 아종이라고 해도 믿었을지 모른다.

우리 앞에 나타난 것은 그만큼 기이한 코볼트 무리였다.

"크르, 끄르륵."

"추륵."

"카후, 훅훅."

거친 목소리로 대화하는 코볼트 세 마리는 각자 검과 도끼 같은 무기로 무장했다. 어느 것이고 모험가가 싸우기 위해 쓰는 좋은 무기는 아니지만, 휘둘러서 생물을 살해하기에는 충분했다.

"아, 아……."

떨면서 목소리를 흘린 것은 내 등 뒤에서 린에게 안겨있는 테토나였다.

검을 가진 한 마리를 가리키며 떨리는 목소리로 중얼거렸다.

"저, 저거……."

습격당해 행방불명된 주민은 세 명. 모두 무기를 가져갔다고 했다.

그렇다면 저 무기는 그들에게서 빼앗은 것인가.

"……린, 너는 마물의 말을 알아듣지?"

"네. 상당히 감각적인 형태지만요."

"저것들, 지금 뭐라고 하는 거야?"

"제 눈앞에 새끼 돼지 통구이가 있을 때 같은 반응이에요."

"한 방에 이해되게 말해줘서 고맙네."

그 순간, 코볼트들은 일제히 무기를 들고 달려들었다.

나에게는 눈길도 주지 않고 테토나와 루돌프를 끌어안은 린에게 일직선으로.

"꺄아아악! 아……?"

한순간 테토나가 비명을 질렀고— 곧 멈췄다.

"카."

"극."

"킥! 킥, 끅."

목이 절단된 두 마리와 양 팔다리가 절단된 한 마리가 린 앞에서 쓰러졌고— 새로 장만한 검을 **칼집에 넣으며** 나는 물었다.

"한 마리는 죽이지 않았는데, 괜찮겠어?"

"네. 묻고 싶은 것이 있으니까요."

루돌프도 그렇지만, 코볼트란 의외로 시야가 좁은 듯했다.

나를 전혀 보지않고 옆을 지나친 탓에 아무 저항도 없이 썰려버렸다. 살아남은 한 마리는 고통과 왜 이렇게 됐는지 이해하지 못하는 혼란으로 켁켁 짖어댔다.

『음, 역시 미스릴 검이야. 가볍고 빨라. 날도 잘 드나 보군.』

"네, 미친 척하고 전 재산을 준 값을 하네요!"

"먼저 내 실력을 칭찬해!"

"와~, 하크라 대단하다~."

"보수 더 얹어주지 않으면 한 대 맞을 줄 알아라⋯⋯."

우리가 농담을 주고받는 모습을 테토나는 린의 품속에서 얼떨떨하게 지켜보고 있었다.

"어? 어, 어라, 어떻게, 됐어?"

갑자기 나타나서 공격해 온 식인 코볼트는 테토나에게 공포의 상징일 것이다.

그녀에게는 가장 믿음직했던 아버지를 살해한, 『이길 수 없는』 존재.

하지만.

"무섭게 보여도 코볼트예요. 모험가는— 하크라는 지지 않아요."

린은 테토나의 머리를 쓰다듬으며 한 번 더 끌어안았다.

"누가 뭐래도 히드라를 해치울 만큼 강하니까요."

손발을 자르면 출혈이 심해 오래 버티지 못한다. 신문하려면 빨리 끝내야 하는데⋯⋯.

"⋯⋯애한테는 보여주지 않는 편이 좋지 않냐?"

고통스러운 표정으로 숨이 끊긴 머리 두 개와 절단된 사지, 거기서 나온 피는 어린아이한테 보여줄 만한 게 되지 못했다.

"괜찮아."

하지만 위협이 사라졌다고 이해했는지, 린의 품속에서 조심조심 나온 테토나는 애써 웃으며 말했다.

"가축 해체할 때, 돕기도 하니까."

"듬직하네."

머리라도 쓰다듬어 볼까 싶었지만, 내 성격에도 안 맞고 내 역할도 아니었다.

나는 내밀 뻔한 손을 내리고, 테토나를 지키듯 옆에 붙어 있는 루돌프를 봤다. 루돌프는 사지 없이 몸부림치는 동족에게 이빨을 드러내며 으르렁거리고 있었다.

"크르르, 훅, 후우……."

"……왜 이 녀석이 으르렁거려?"

"그것도 포함해서 물어볼게요."

린은 사지를 잃은 코볼트 곁에 쭈그려 앉아 목으로 신기한 소리를 냈다.

"쿠아우, 쿠루, 쿠루루."

그건 신기한 울림을 주는 소리였다. 린의 목소리 높이는 변함이 없지만, 왠지 귀 안쪽이 간지러워지는 불쾌한 느낌이 들었다. 내게는 도저히 언어로 들리지 않는데…….

"칵, 아우, 으르, 끅!"

하지만 코볼트는 거기에 답하듯 울었다. 정말로 의사소통이 성립하긴 하는 모양이었다.

"쿠우…… 끼익, 끼익!"

"쿠왁! 쿠와아아악!"

"루, 루돌프? 왜 그래!"

코볼트가 짖자 루돌프가 그것을 가로막듯 짖었고, 테토나가 허둥지둥 루돌프를 막았다.

"……루돌프에게도 여러 일이 있었나 보네요."

"뭐…… 그래? 루돌프……?"

"우으으으으……."

루돌프는 으르렁거리며 당장에라도 달려들 기색이었다. 반응이 예사롭지 않았다. 이 녀석과 테토나의 관계는 내 알 바가 아니지만, 만에 하나 테토나가 다치면 굉장히 곤란해지므로 나는 루돌프 어깨에 손을 얹고 조금만 힘을 줬다.

"린한테 맡겨. 그리고 너는 테토나를 지켜."

"끄응……."

말이 통한다고 생각하지 않았지만…… 예상외로 루돌프는 튀어나온 발톱을 숨기고 으르렁거리던 소리도 멈췄다.

"……알아듣네."

『공주를 지키는 건 기사의 염원이니까. 나도 그렇지.』

"그 녀석이 공주고 네가 기사냐……."

내 발치에서 슬라임이 말했다. 근처에서 구했는지, 아니면 루돌프가 모아온 것을 슬쩍했는지 모르겠지만, 몸속에서는 엘리셰가 녹고 있었다.

『게다가 루돌프는 용감한 수컷이다. 테토나가 나타났을 때는 애송이에게도 겁먹지 않았잖나.』

"굴에서 쫓겨난 직후에는 겁먹어서 젖 먹던 힘까지 다해 도망치려고 했지만……."

『생존 전략으로는 틀리지 않았어. 요컨대 중요한 순간에 목숨을 걸 수 있는지가 남자의 가치를 결정하지.』

"왜 슬라임한테 남자의 가치를 들어야 하는 거야."

쓸데없는 잡담도 할 일이 없을 때는 괜찮을지도 모르겠다.

린과 코볼트가 울음소리 같은 대화를 이어가는 동안, 테토나는 불안하게 루돌프를 끌어안고 있었다.

"루돌프는 머리가 좋아, 엄청."

그것이 나와 슬라임에게 하는 말이라고 깨닫는 데까지 약 10초가 걸렸다. 대답을 기대하지 않았는지, 테토나는 우리 반응을 기다리지 않고 말을 이었다.

"루돌프는 아기였어. 3년 전쯤에 마을 입구에서 혼자 울고 있었어."

부모와 떨어진 아이는 인간이든 마물이든 동물이든 그다지 드물지 않다.

다만, 코볼트라는 약한 마물에게 그건 다른 마물이나 동물의 먹이가 된다는 뜻이다. 루돌프는 운이 좋았다.

"내가 가진 엘리셰를 주니까 울음을 멈춰서 그냥 배가 고프다는 걸 알았어. 그리고 다 같이 어떻게 할지 이야기하는데 루돌프의 아빠랑 엄마가 마을 입구에서 어슬렁거렸어."

"제법 배짱이 있네."

촌장의 이야기에 따르면 라이데아와 코볼트는 예로부터 공존해 왔다. 루돌프의 부모도 인간 마을에 어느 정도 익숙했는지, 적어도 죽이지는 않는다고 생각했나 보다.

뭐가 됐건 용기는 쥐어짰겠지만.

"나랑 아빠가 루돌프를 데려다줬어. 루돌프는 부모님을 만나서 숲으로 돌아갔어."

루돌프의 머리를 쓰다듬으며 테토나는 이야기했다.

"그리고 2주 정도 지나니까 매일 마을 입구에 루돌프가 엘리셰를 가져다주게 됐고……."

"……아기가 2주 만에 그렇게 크나."

『아씨도 말했지만, 코볼트는 번식 속도가 아주 빨라. 달리 말하면 성장 속도도 빠르다는 뜻이지. 수명도 짧지만.』

"흠, 몇 년 정도야?"

『수명도 10년 전후라고 한다. 개와 비슷해.』

"응, 아빠도 코볼트는 금방 큰다고 했어. 그리고 나랑 루돌프는 같이 놀게 됐어. 집에 초대해 준 적도 있다? 온몸이 흙투성이가 됐지만."

그 집 안은 아마 엉망이 되었을 것이다. 이번 일에 가담한 사람으로서 추억을 이야기하면 듣기가 영 편치 않았다.

"숲에서 놀고 미아가 됐을 때도 루돌프는 마을까지 데리고 와줬고…… 같이 나무에 올라서 엘리셰를 딸 때도 엄청 맛있는 걸 찾아서 나한테 줬어. 나는 루돌프랑 같이 먹는 엘리셰가 제일 좋아."

동의하는 것처럼 루돌프가 소리를 냈다. 옆에서 보면 충성스러운 개와 그 주인 같았다. 이런 상황이 아니라면 흐뭇하기까지 했을 것이다.

"그래서…… 루돌프는 그런 짓을 안 한다고 알고 있었어. 그래도 사람들은 코볼트를 용서하지 말라고 해. 다들 죽이라고, 은혜도 모른다고 욕해."

"뭐, 그렇게 되겠지."

"모험가가 오지 않길 바랐어. 오면, 루돌프도 죽이잖아?"

"……적어도 나만 있었으면 그랬겠지."

테토나 개인의 애정을 무시하면 주민들에게는 루돌프도 다른 코볼트와 다를 바 없으리라. 모든 코볼트가 평등하게 배신자다.

옆에 코볼트가 있어도 퇴치하지 않고 함께 숲의 은혜를 누리며 살아왔는데 왜, 라는 의문은 쉽게 분노로 치환됐다.

가족을 잃고도 『친구』라는 이유만으로 루돌프를 믿는 테토나가 비이성적이라고 볼 수도 있었다.

"……왜 이렇게 됐지? 난 루돌프만이 아니라 루돌프 아빠랑 엄마도 만난 적 있어. 친구라면서. 다들 귀엽고 착한 애였는데."

"……그 녀석들은 지금 어디 있어?"

"몰라. 내가 아는 집은 루돌프뿐이야."

루돌프를 힐끔 봤다. 나는 이 녀석이 무슨 생각을 하는지 모르지만, 슬프게 눈을 숙이고 있다는 표정 정도는 간신히 알 수 있었다.

"……."

이 숲속에서 무슨 일이 일어났는가.

왜 코볼트는 인간을 덮치는가.

코볼트와 계속 대화하는 린의 뒷모습을 봤다.

"크아우, 크아우!"

한층 높은 울음소리가 들렸다.

"으."

테토나가 반사적으로 경직하고, 루돌프가 바로 일어나서 발톱을 세웠다.

"쿠루, 쿠아우?"

"워우!"

하지만— 소리를 낸 사지 잘린 코볼트는 그러거나 말거나 개의치 않았다—. 내가 봐도 알 수 있을 만큼 그 표정은 **기뻐 보였다.**

땅에 엎어진 채 몇 번이나 고개를 끄덕이고 린에게 애교를 떨듯 혀를 내밀었다.

"쿠우."

린은 목을 올리며 일어나서 손에 든 지팡이를 살짝 들었다. 그리고 코볼트의 머리에 올렸다.

"키—?!"

우득, 하고 뭔가가 깨지고 으스러지는 탁한 소리가 들린 뒤, 조용해졌다.

"후우."

『수고했어, 아씨. 위치는 알아냈나?』

머리가 박살난 마지막 한 마리의 표정은 더 이상 알 수 없었다. 직전까지 환희의 소리를 내던 그것은 두 번 다시 말하지 않았다.

테토나도 루돌프도 놀라서 아무 말도 하지 못했다. 나도 그랬다.

태연한 것은 통통 튀어 린에게 다가가는 슬라임 정도였다.

"네. 이 아이들의 둥지 위치도 알았어요."

"……그건 기쁜 소식이지만— 너, 뭐라고 한 거야?"

루돌프보다 다양한 표정 변화를 보인 절체절명의 코볼트가 왜 그렇게 노골적으로 기뻐했을까.

"별거 아니에요."

린은 한숨을 쉬며 말했다.

"네 둥지의 위치를 알려주면 살려주겠다고 말했을 뿐이에요."

◆

"……너도 따라오려고?"

"응. 루돌프가 걱정돼."

"끄응……."

"솔직히 네가 따라오는 게 더 불안한데……."

테토나는 루돌프랑 단단히 손을 잡고 린에게 찰싹 붙어 있었다. 그러면 필연적으로 내가 지켜야 하는 범위가 늘어난다.

코볼트에게 당할 리는 없겠지만, 다른 마물이 나오지 말라는 법도 없었다. 경솔하게 100퍼센트 안전하다고 말하는 건 돌발 상황을 겪지 못한 멍청이나 여신님 정도일 것이다.

하지만 린은 속 편하게 이런 소리를 했다.

"뭐 어때요. 지금 혼자 돌아가게 할 수도 없고, 하크라 옆에 있는 편이 테토나랑 루돌프도 안전해요."

"안전을 가장 위협한 인간이 할 소리는 아니라고 보는데……."

"으. 다시 말하지만, 제가 오지 않았으면 루돌프도 위험했다고요."

"빅 몰한테 잡아먹혔을 거라고?"

"아—니—에—요—! 그 애는 제가 부탁해서 굴에 소란을 피웠을 뿐이에요!"

"굴에 소란?"

테토나가 따라 한 말을 우리는 열심히 못 들은 척했다.

"그게 아니라, 애초에 그 코볼트들이 어떻게 루돌프 굴까지 왔다고 생각해요?"

"루돌프의 절규를 들어서겠지."

"아—니—에—요—! 그 전에! 그 코볼트들은 루돌프의 냄새를 맡고 쫓아온 거예요! 저는 엘리셰를 뿌려서 냄새를 덧씌우고 그보다 먼저 루돌프를 보호하려고 했다고요—!"

"그럼 일부러 루돌프를 쫓아내지 않고 굴 앞에서 기다리면 됐잖아……."

"그건 그거, 이건 이거, 저건 저거예요."

장담하는데 이 녀석은 아무 생각도 없었다.

"테토나!"

그때, 쉰 목소리가 숲에 울려 퍼졌다.

큰 목소리는 아니지만, 절박함과 초조함이 섞인, 아는 목소리였다.

곁눈질로 린을 보자 낭패라는 듯 머리에 손을 대고 있었다.

"할아……버지?"

그게 누구의 목소리인지는 테토나가 알려줬다. 그 말대로 눈앞에 나타난 사람은 라이데아 촌장과 무기를 든 젊은이 둘이었다.

일단 호위를 그곳에 두고 촌장은 우리— 정확히는 테토나에게 다가왔고, 입을 열자마자 속에서 고함이 터져 나왔다.

"보이지 않는다 싶더니 또 여기 있어?! 테토나! 숲에 들어오지 말라고 그토록 일렀잖아!"

분노는 지당했다. 그리고 당연하다면 당연하지만, 테토나는 누구에게도 알리지 않고 루돌프를 만나러 왔다.

이 상황에서 만약 손녀가 숲에 사는 코볼트를 만나고 싶다고 떼를 쓰면 나라도 두들겨 패서 의자에 묶어둘 테니까 촌장의 분노는 이해할 수 있었다. 하지만…….

"린."

"네."

"일이 꼬일 것 같은 조짐이 보여."

"저도요."

우리 의견이 일치한 동시에 촌장은 기겁한 얼굴로— 테토나 옆에 있는 루돌프를 봤다.

"테토나! 그 녀석한테서 떨어져! 어서!"

예감은 바로 적중했다. 테토나는 촌장의 윽박에 겁먹으면서도 루돌프를 지키려고 끌어안아 울면서 소리쳤다.

"할아버지, 잠깐만! 루돌프는 아니야! 나쁜 짓 안 해!"

"아니긴 뭐가 아니야! 그것들이 네 아비를 죽였어! 위험하다는데 왜 말을 못 알아들어?!"

"루돌프는 그런 짓 안 해!"

"테토나!"

촌장이 한 걸음 다가오자 테토나는 루돌프의 손을 잡고 하필 내 뒤로 숨었다.

……돌겠네.

당연하게 촌장은 나와 린을 쏘아봤다.

하고 싶은 말은 잘 알겠고, 실제로 그렇게 말했다.

"이게 어떻게 된 건가요, 두 분. 우리는 길드에 코볼트를 사냥해 달라고 《퀘스트》를 냈을 텐데요."

분노를 참지 못하는 기색이 역력했다. 이를 악물고 쥐어짠 목소리에는 응축된 증오가 부글부글 끓고 있었다.

"……손녀를 보호해준 우리한테 그렇게 날을 세워야겠어?"

"그건, 감사합니다. 하지만…….''

촌장의 눈길은 내 뒤에 있는 루돌프에게 가 있었다.

"맡은 일을 해주셨으면 합니다. 지금 이 자리에서 그 코볼트의 목을 쳐주십시오. 그러지 않으면 우리는 당신들을 못 믿겠습니다."

그건 의뢰인이 모험가에게 주는 마지막 기회였다.

여기서 뜻대로 따르지 않으면 의뢰를 취소하고 새로운 모험가를 요청할 것이다.

그리고 우리에게는 『코볼트 퇴치도 못하는 모험가』라는 딱지가 붙는다.

미래를 생각하면— 그것만은 피해야 한다.

"……"

허리춤의 칼에 손을 얹었다. 나라면 뒤에 있는 테토나를 가볍게 밀치고 루돌프를 처리하는 데 눈 깜빡일 시간조차 필요하지 않다.

"왜 할아버지는 루돌프를 안 믿어줘?! 같이 놀아줬으면서! 친구라고 하니까 기뻐했으면서!"

테토나의 눈물 젖은 외침에 번진 감정은 단 하나였다.

더는 아무것도 잃고 싶지 않다. 아버지를 잃은 소녀는 친구까지 잃고 싶지 않다고 소리치는 것이다. 그건 나도 안다.

어린아이의 고집이다. 머리로는, 그런 결론밖에 나오지 않는다.

촌장의 말은 옳다. 왜냐하면.

"왜 이해를 못 해! 코볼트는 우리를 **배신**했다고!"

그렇다. 먼저 이웃이기를 거부한 것은 그들이니까.

서로를 해치지 않기 때문에 성립하는 신뢰 관계였건만.

"아니에요."

그때, 지금까지 침묵하던 린이 고함의 틈새를 치고 들어왔다.

"먼저 배신한 건 인간 쪽이에요. 원망하는 건 자유지만, 그 순서를 틀리면 안 되죠."

그 말은 타이밍도 최악이거니와 내용도 당사자의 신경을 긁을 뿐이었다.

하지만— 그들이 그 말뜻을 이해하고 분노라는 감정으로 바꾸기 전에 노린 것처럼 말을 보탰다.

"따라오세요. 이 숲에서 무슨 일이 일어나는지 보여드릴게요."

그러고 걸어가는 모습이 너무나도 당당해서 나를 포함해 모두가 어안이 벙벙할 따름이었다. 그래서 뭐라고 따지기보다 일단 그 뒤를 따라가게 되었다.

물론 분노는 사라지지 않았다. 험악한 표정을 거두지 않는 촌장과 거리를 두도록 테토나는 루돌프의 손을 잡고 린의 꽁무니를 따라갔다.

『애송이.』

어느샌가 내 발치에서 통통 뛰던 슬라임이 말을 걸었다.

"왜."

『아씨는 60퍼센트라고 했지만, 아마 나는 30퍼센트라고 본다.』

"뭐가."

『주민들을 설득할 수 있을 확률이다.』

"30퍼센트나 되는 게 놀랍네."

어이없다는 투로 대답하자 슬라임은…… 아마 진짜 속내를 밝혔다.

『그러니까 애송이, 네 판단으로 **처리해도 돼**.』

"……뭘."

굳이 확인하듯 되묻자 슬라임은 한숨 같은 소리를 흘렸다. 대체 어디로 호흡하냐고는 새삼스럽게 묻지 않았지만.

『루돌프야. 그 시점에서 아씨와 네 계약은 끝나겠지만— 아씨를 따르다가 너까지 길거리에 나앉을 필요는 없지.』

"처음부터 그럴 생각이었어."

린이 무슨 생각을 하는지 모르겠지만, 인생이 파탄날 때까지 따를 이유는 없었다.

그리고 테토나의 손을 놓지 않는 루돌프의 뒷모습은 당장 이곳에서 해칠 수 있을 만큼 보잘것없었다.

촌장의 호위는 우리가 맡게 됐고, 마을 주민 두 명은 테토나를 찾았다고 알릴 겸 먼저 라이데아로 돌아갔다.

약 10분을 더 걸어서 도착한 곳은 루돌프의 집처럼 입구가 좁은 동굴이었다. 이곳이 우리를 덮친 코볼트의 보금자리인가 보다.

"그래서 이제 어떡해? 또 부수게?"

"네!"

환하게 웃으며 대답한 린은 다시 지팡이로 땅을 톡톡 두드렸다.

"컴온, 더지!"

이번에는 굴 안쪽이 아니라 린의 발아래에서 빅 몰이 느릿느릿 기어 나왔다.

방금 그 빅 몰인지는 알 수 없지만, 린의 지시대로 날카로운 발톱으로 굴을 넓히기 시작했다.

루돌프는 자기의 보금자리가 어떻게 파괴됐는지 목격하고는 꼬리를 말고 부르르 떨었다. 촌장과 테토나도 린과 빅 몰을 번갈아 보며 전율했다.

"……그래서, 이 안에 뭐가 있다는 겁니까?"

식겁하기는 했으나, 그 작업이 끝날 때까지 가만히 있을 수도 없는지, 촌장은 의심스러운 표정으로 하필 나를 바라봤다.

"글쎄…… 고용주는 저 녀석이니까 나한테 묻지 마."

아직 내 입장을 결정하지 못한 숨김없는 본심이었다.

"……당신들은 모를 테죠."

하지만 나의 그 말이 무책임하게 들렸던 것일까. 깊이 고개 숙이고, 떨리는 손이 주먹을 꽉 쥐는 소리가 들렸다.

"공들여 쌓은 탑이 무너졌을 때의 참담함을. 믿었던 것에게 배신당했을 때의 분노를. 사랑하는 이를 잃은 슬픔을…… 같은 자연의 은혜를 누리는 자들끼리, 종족은 달라도 서로를 이해한다고 생각했었습니다……."

누가 그랬던가, 호의에서 반전된 증오만큼 무서운 것은 없다고.

"조금 미덥지 못했지만, 착한 아들이었어요. 학식이 있고 용기도 있었죠. 마을을 위해 솔선해서 일어났던 겁니다. 그런 아들이 결국 돌아오지 않았어요. 아십니까, 이 기분을?"

"……."

배신. 신뢰. 단 두 글자에 불과한 무책임한 말들.

모험가에게 전자는 자주 있는 일이며, 후자는 무조건 믿는 인간이 바보다.

신뢰에 필요한 요소는 『왜』다. 명확한 이유와 논리가 없으면 우리는 누구에게도 등을 맡기지 않는다.

"테토나는 그래도 루돌프를 믿어."

그래서 나는 그런 말을 할 생각이 전혀 없었다.

모험가답게 합리적으로 행동한다면 말없이 흘려듣고 중요한 기로에서 어느 쪽으로든 도망칠 수 있게 대비해야 한다.

눈을 크게 뜨고 나를 응시하는 촌장에게, 이성이 그만하라고 소리치는데도 무시하고, 나는 앞뒤 생각 없이 뒷말을 이었다.

"아버지가 잡아먹힌 줄 알면서, 위험한 줄 알면서도 쟤는 루돌프를 지키려고 우리를 막으러 왔어. 어린애 혼자서."

정말 나답지 않다.

내가 할 말이 아니다. 아무 의미도 없고, 아무 이유도 없다.

"네가―."

분노의 역치를 넘어섰는지, 촌장을 지팡이를 던져 버리고 나에게 달려들었다.

뒷말은 알고 있다. 『네가 뭘 알아』다.

하지만 그 말이 나오기 전에 뭔가가 무너지는 소리가 주변 일대에 울려 퍼졌다.

"―나는 아무것도 모르지만."

나는 멱살을 잡은 손을 풀지도 않고 외벽이 붕괴한 굴을 바라봤다.

"무슨 일이 있었는지는 이제 알게 되겠지."

······아마.

○

그곳에서 우리가 본 것은 이 세계에서 가장 아름답고 잔혹한 광경이었다.

"촌장님, 하크라, 이곳으로 오세요. 테토나는······."

말없이 보지 않는 편이 낫다고 전하는 아씨에게 테토나 양은 고개를 젓고 루돌프의 손을 잡은 채 말했다.

"나도, 알고 싶어."

떨리고 있었다. 어깨도 손도, 아마 마음도.

"왜 그랬을지, 쭉 생각했어. 루돌프는······ 아니, 코볼트는 친구라고 믿었으니까. 그러니까 보고 싶어."

그래도 이 아이는 강인하게 앞을 바라봤다. 자기가 믿었던 것을 믿기 위해서.

"뭔가 잘못됐었다고, 우리는 친하게 지낼 수 있다고, 믿고 싶어······!"

"테토나······."

촌장은 그 등에 살며시 손을 뻗으려다가, 아무것도 하지 않았다.

"크응……."

테토나 양의 손을 강하게 잡은 것은 루돌프였다.

"응, 루돌프, 괜찮아."

한 사람과 한 마리 사이에는 확실한 신뢰 관계가 있었다. 어른들은…… 어쩌면 우리들도 그건 어리석다고 비웃고 혼낼 것이다.

"괜찮아요. **테토나가 루돌프를** 배신하게 하지는 않아요."

코볼트 굴은 출입구가 좁을 뿐, 안은 놀랍도록 넓었다.

나를 안은 아씨는 그대로 걸음을 옮겼다.

그 안쪽에 코볼트 한 마리가 천장을 보며 누워 있었다. 팔다리에는 살이 하나도 없는데 배만 크게 부풀었다. 임신이 확실했다.

"이건……."

씩씩 거친 숨을 내쉬는 코볼트는 우리는커녕 굴이 파괴된 사실도 알지 못하는 듯했다. 그만큼 집중한 탓일까, 아니면 다른 곳에 신경을 쓸 여유가 없는 것일까.

"……."

애송이도, 테토나 양도, 촌장도 저마다 다른 표정으로 할 말을 잃었다.

왜 지금, 하필이면 이때 이런 것을 봐야만 하는가. 이 광경에 무슨 의미가 있는지 이해하지 못하는 듯했다.

"캬우우! 쿠아! 캬우우!"

더 높은 울음소리를 내는 동시에 어미의 아랫배에서 주륵 소리가 나며 작은 코볼트가 미끄러져 나왔다.

한 마리, 두 마리, 그리고 세 마리.

이 세상에 새로운 생명이 탄생했다. 그것은 축복받아 마땅한 일일 것이다.

막 태어난 연약한 생명은 온몸의 털을 적신 채 일어났다. 그리고 처음 쓰는 발을 후들후들 떨며 어미 위에 올라탔다.

"꾸르르……."

어미 코볼트가 신음하듯 울었다. 새끼는 그것을 듣고 똑같이 작게 짖었다.

"꾸르…… 킥, 카득, 쿠엑!"

그리고…… 초췌해진, 지금 막 자신을 낳은 「어머니」의 가느다란 목을 물어뜯었다.

"……어?"

테토나의 목소리가 흘러나왔다. 하지만 그런다고 아무것도 멈추지 않았다.

우득우득 뼈가 부러지는 소리가 들렸다.

우리가 있는 줄도 모르고 녀석들의 식사는 시작됐다. 아직 채 굳지 않은 부드러운 발톱과 다 올라오지도 않은 이빨로 자신을 낳은 고기의 털가죽을 벗기고, 노출된 부위에 주둥이를 박았다.

"뭐 하는 거야?"

참지 못하고 달려가려는 테토나 양의 손을 루돌프가 잡고 막았다.

"루돌프, 저 애들, 뭐, 뭐 하는 거야?!"

혀를 빼물고 경련하면서도 어미는 새끼를 꽉 끌어안았다. 그건 저항이 아니라 더 먹으라고 유도하는 것이었다.

얼마 가지 않아 당연히 어미는 죽었다. 갓난아이들은 그 사체를 계속해서 파먹었다.

"오오…… 맙소사, 이게 무슨……."

"……린, 어떻게 된 거야?"

애송이나 촌장과 대조적으로 아씨는 전혀 동요하지 않았다. 무표정으로 그 광경을 바라보며 눈썹 하나 까딱하지 않았다.

"……너, 이렇게 될 줄 알았던 거야?"

"무슨 일이 일어나는지 예상된다고 했잖아요."

평소대로 기가 막힌다는 듯 그렇게 말했다.

"이 일대 코볼트는 엘리셰를 주식으로 삼아요. 이 숲은 과일이 잘 자라서 굳이 인간이 키운 과일에 손대지 않고 숲의 은혜를 누렸어요. 식량이 충분하면 여유가 생기니까 야생 마물이라도 라이데아와 적절한 거리를 유지했겠죠."

"그, 그렇고 말고요. 그래서 우리는—."

공존해왔다. 그랬을 것이다.

"그러면 왜 이렇게 된 거야?"

애송이의 질문에 아씨는 검지를 세웠다.

"그야 라이데아 주민들이 **숲의 과일을 마구잡이로 따가서죠.**"

아씨가 뻔하지 않냐는 식으로 말하자 촌장은 언성을 높였다. 자기가 비난받는다고 느꼈는지, 분노가 서린 표정으로.

"우리는 과일을 전부 따지 않았습니다! 우리도 코볼트가…… 아니, 숲에 사는 생물들이 그걸 먹고 산다는 걸 알아요! 상품이 될 만큼 잘 익은 과일을 따긴 했지만, 그래도 충분히 남겨뒀습니다!"

그 노성에 아씨는 한결같이 평탄한 어조로 대답했다. 아무것도 모르는 아이에게 이르듯이.

"코볼트는 머리가 좋아요. 논리적으로 생각하고 추론할 지능이 있죠. 고블린과 달리."

"그 정도는 우리도!"

안다, 라고 촌장이 소리치려고 하지만…….

"그래서 라이데아 주민들이 먹기 좋은 과일을 따가면 자기네가 먹을 몫이 확 줄었다는 사실을 알아요."

아가씨는 가차 없이 말허리를 잘랐다.

"똑똑하니까 위기감을 느끼는 거예요. 예를 들어…… 지금은 과일이 남아 있어도—."

아, 하고 테토라 양이 소리를 냈다.

코볼트에게 가장 다가섰던 그녀는 아씨가 말하기 전에 깨달았는지도 모른다.

"—또 과일이 익으면, **인간이 가져갈지도 모른다**라고."

촌장의 얼굴이 굳었다.

설마, 라고 중얼거리는 소리를 나는 똑똑히 들었다.

"열매가 확연하게 줄어든 나무를 보고 그들은 어떻게 생각했을 까요? 지금까지 인간들이 손대지 않던 숲의 과일을 잔뜩 가져가 버렸지만, 그래도 괜찮다, 아직 이렇게 많으니까—라고 낙관할 만큼 코볼트들은 **멍청하지 않아요.**"

주민들은 이웃인 코볼트를 생각하며 과일을 수확했다.

그저 숲이 주는 선물을 조금 나눠 받을 생각이었다.

코볼트들에게 어떻게 보일지는 전혀 생각하지 않은 채.

"엘리셰 나무에 정통한 라이데아 사람들은 오랜 경험으로 숲의 생태계에 악영향이 없도록 남은 엘리셰 양을 분명히 계산했겠죠."

고기를 뜯는 소리가 들렸다.

"만약 코볼트가 아닌 다른 마물이라면 이렇게 되지 않았을 거예요. 총량이 줄어들었는지도 모르겠죠. 보통 식량 경쟁은 먹을 게 없어진 뒤에 일어나니까."

피를 빠는 소리가 들렸다.

바람이 불어 뒤에 있는 나무들이 흔들렸다.

잘 익은 야생 엘리셰 하나가 바닥에 툭 떨어졌다.

어미가 남긴 생명의 잔해를 먹어 치우는 자들은 거기에 일말의 관심도 주지 않았다.

"그들은 똑똑해서 위기감을 느낄 수 있어요. 만약 다음에 같은 양을 가지고 가면 무리가 굶주린다는 판단도 가능했겠죠. 그 결과, 같은 위기감을 느낀 무리끼리 영역싸움을 벌였어요."

"여, 영역싸움?"

그건 생각조차 하지 못했다는 투로 촌장이 흘린 말을, 아씨는 놓치지 않았다.

"······당신들은 코볼트가 여러 무리로 나뉜다는 것도 몰랐나 보네요."

뭔가 깨달은 것처럼 번쩍 고개를 든 사람은 테토나 양이었다.

루돌프와 교류하던 테토나 양조차 그런 발상은 하지 못했던 것이다.

그들에게 코볼트는 『숲에 사는 마물』에 지나지 않았다. 그들의 사회성이나 생태는 생각하지 않았다.

너무 일상에 녹아들어서 그냥 그런 생물이 있다고만 생각했으니까.

코볼트들이 엘리셰 수확기를 몰랐던 것처럼 주민들은 코볼트에 관해서 알지 못했다.

"……그럼 우리를 공격한 건 영역싸움에서 밀려난 녀석들인가."

"네. 이긴 무리는 엘리셰를 독점하고 여분의 식량을 확보했어요. 루돌프는 그 무리에 소속했고요."

루돌프가 그 말에 맞춰 울었다. 긍정의 뜻일 것이다.

아씨는 설명을 계속했다.

"과일을 확보한 무리는 지금까지 하던 대로 생활하겠지만, 패배한 무리는 그럴 수 없어요. 수분도 엘리셰로 섭취하던 코볼트들은 순식간에 벼랑 끝으로 내몰렸죠."

코볼트의 식성은 『각인 효과』다. 엘리셰를 주식으로 삼던 코볼트들은 엘리셰 외에는 음식으로 인식도 하지 않았다.

하지만 생물인 이상 먹지 않으면 굶어 죽는다. 패배한 코볼트 무리는 마지막 수단을 택했다.

"그래서 **자신을 먹였다**고? 그런 말도 안 되는 소리가 어딨어. 그 전에 사냥이든 뭐든 방법을 찾겠지."

"지금까지 가만히 있어도 알아서 떨어지는 과일을 주식으로 삼던 무리에게 사냥 기술이 있을 리 없죠. 그리고……."

아씨는 루돌프와 그 손을 잡은 테토나 양을 봤다.

"……코볼트들은 인간과 교류가 있었어요. 자신들과 달라도 해를 가하지 않는 이웃이. 숲에 사는 코볼트들에게 다른 생물은 공격할 대상이 아니라 공존하는 대상이에요. 그러니까— 사냥하지 않고 얻을 수 있는 음식은, **그것**밖에 없었던 거예요."

처음 먹은 것 말고는 음식으로 인식하지 못하는『각인 효과』습성.

엘리셰를 확보하지 못한 부모 세대는 굶어 죽는 것 외에 남은 길이 없었다.

하지만 그들은 살아남아야 했다. 개체가 아니라 종의 존속을 위해서.

다음 세대를 이어가기 위해, 엘리셰 대신 먹을 것을 준비해야만 했다.

"임신한 개체가 새끼를 낳고, 그 새끼에게 자기 살을 먹이면 다음 세대는 굶어 죽지 않아요. 동료의 사체도 모았겠죠. 그것들을 먹은 새끼들은 동료 사체를 먹이로 인식해 목숨을 이어갔어요. 이렇게 엘리셰의 맛을 모르는 코볼트, 처음 먹은 **고기 맛밖에 모르는** 2세대가 완성된 거예요."

—이미 어미 코볼트는 원형이 남아있지 않았다. 그래도 새끼들

의 식욕은 왕성했고, 흘러나온 내장까지 땅을 핥으며 빨아먹었다.

테토나 양의 목에서 구토가 올라오는 소리가 들렸다.

"식량이 부족해서가 아니라 순수하게 동족의 고기를 주식으로 삼는 종족으로 탈바꿈한 그들은 과일을 독점하던 무리를 어떻게 인식할까요?"

그들의 주식은 자연스럽게 **다른 코볼트**가 된다.

시간이 조금 흐르면 나무는 또 과일을 맺는다. 하지만 동족을 먹은 무리에게 이미 그건 아무 가치도 없었다. 음식으로 인식되지 않는다.

다시 공급이 수요를 따라잡아도 이미 엎질러진 물이었다.

"그렇게 동족상잔을 한 결과, 무슨 일이 일어났냐면 코볼트 자체의 수가 줄어버렸어요. 주식이 줄어든 그들은 또 굶주렸죠. 그때 마침 적당한 사냥감이 숲에 나타났어요."

그들은 부모를 먹어버렸다. 그러니까 인간이라는 존재에 대해 배우지 못했다.

무리에 지식이 계승되지 못했으니…… 그건 아주 먹음직스러운 사냥감으로 보였으리라.

"굶주려서 물불 가리지 않는 코볼트들이 일제히 기습하면 건장한 성인이라도 위험하고— 실제로 그렇게 됐어요."

새끼는 식사를 계속했다. 두개골을 깨서 그 내용물까지 핥아먹고, 부러질 만큼 가는 뼈를 하염없이 씹었다.

테토나 양의 아버지도 이렇게 잡아먹혔을까. 산 채로 먹혔을까,

하늘이 약간이나마 자비를 베풀어 목숨이 끊긴 뒤 먹혔을까. 우리는 그것을 알 도리가 없고, 뼛조각이 남아있더라도 그것을 판별한 수단이 없었다.

"……구르르?"

드디어, 드디어 우리를 알아차렸다. 우리를 돌아본 식인 코볼트들의 얼굴은 참으로…….

피에 젖어 굳은 털, 눈꺼풀 없이 태어난 것처럼 드러난 눈알, 비린 입김을 뿜어내는 입, 붉은 물방울이 흘러내리는 혀.

이것을 코볼트라고 한들 누가 믿으랴. 겁쟁이에 애교 있는 얼굴은 온데간데없었다. 이건 그냥 육식동물이다. 동족을 잡아먹는 마물이다.

"린, 이것들."

"끝이에요."

애송이의 말허리를 끊고 아씨는 딱 잘라 말했다.

"이렇게 되면 이제 끝이에요. 교정도 공생도 불가능해요. 동족상잔으로밖에 살아갈 수 없는 생물은 그 시점에서 끝난 거예요."

자박자박 발소리를 내면서 어미를 전부 먹어 치운 새끼들이 다가왔다.

"다른 생물을 꾸준히 사냥할 수 있을 만큼 코볼트는 강하지 않아요. 한두 번은 성공해도 계속 이어지지 않죠."

가누기 힘든 머리를 흔들거리면서 아직 부족하다, 더 내놓으라고 으르렁대며 혀를 날름거렸다.

"무엇보다 루돌프를 비롯해 **다른 코볼트가 그들을 용서하지 않아요.** 동족을 잡아먹혔으니까⋯⋯ 수가 줄어든 뒤에는 도태될 뿐이죠. 그들은 생물로서 미래가 없어요."

코볼트는 다산하는 생물이다. 그래서 한 번 새끼를 낳은 시점에서 어미가 잡아먹히는 그들은 자손을 남길 수단이 점차 사라진다.

코볼트는 똑똑한 생물이다. 동료끼리 협력해 외적과 싸운다.

그들은 그사이에 낄 수 없다. 적이 바로 그들이니까.

코볼트는 연약한 생물이다. 겁이 많고 귀여우니까 인간의 이웃으로 공존할 수 있었다.

급한 고비를 넘기느라 미래를 빼앗기고, 당장 살아가기 위해 현재를 빼앗기고, 인간을 잡아먹은 탓에 신뢰를 쌓은 과거를 빼앗기고, 그리고 살아남으려고 하다가— 목숨을 빼앗기게 됐다.

"우리가⋯⋯ 틀렸던, 건가⋯⋯?"

촌장이 혼잣말을 쥐어짰다.

여기 있는 그 누구도 거기에 대답할 수 없었다.

물론 아씨조차도.

◆

"켈, 케, 쿠흐, 후."

"끄, 그그그?"

서로 마주 보고 뭐라 말을 나누는 식인 코볼트 새끼들을, 테토나는 떨면서 응시했다.

"······우리가."

루돌프에게 매달리며 무릎 꿇은 그녀가 울먹이는 목소리로 중얼거렸다.

"우리가, 잘못했어? 우리, 때문이야?"

눈앞의 코볼트들도 주민들이 가만히 뒀으면— 평범한 이웃으로 살아갔으리라.

혹은······ 부질없는 생각이지만, 만약 영역싸움에서 루돌프 무리가 졌으면 이번에는 루돌프와 그 새끼가 이렇게 됐을지도 모른다.

"루, 루돌프, 미안. 미안해, 미안. 미안—."

곧 이야기가 끝났는지 새끼들이 다가왔다.

그 시선은 테나토와 그 옆에 있는 루돌프에게 고정되어 있었다.

아무리 나라도 그 이유는 알 수 있었다. 먹이라고 생각하는 것이다. 잡아먹으려는 것이다.

"그르르르르······."

물론 아무리 흉포해졌어도 루돌프는 성체였다. 갓난아이에게 질 이유가 없었다.

식인 코볼트들은 **굶주려서** 인간을 공격했다. 바꿔 말하면 『원래 먹을 것』을 구할 수 없게 됐다는 뜻이다.

그전까지 식인 코볼트의 주식은 다른 무리의 코볼트······ 린이 말한 대로 루돌프의 동료도 많이 희생됐으리라.

그래서 루돌프도 식인 코볼트들을 원망하고 미워했고, 죽일 이유가 있었다.

그 증거처럼 이빨을 드러내고 테토나를 툭 밀쳐 떼어놓았다.

"루돌프. 안 돼, 하지 마."

친구의 그런 얼굴을, 테토나는 본 적이 없을 것이다. 아무리 연약하고, 아무리 얌전하고, 아무리 다정해도 코볼트는 마물이다.

싸울 때는 싸우고, 죽일 때는 죽인다.

"크르르르아아아아······."

그 울음소리는 마물과 대화하는 린에게 어떻게 들릴까.

"하크라."

"······왜."

"부탁해요."

무엇인지는 말하지 않았지만.

"알았어."

나는 그렇게 대답했다.

"카—."

지금 막 달려들려던 루돌프의 머리를 칼집으로 때렸다.

"깨앵!"

기세가 꺾였다. 통증과 혼란으로 눈만 깜빡거리던 루돌프에게 말했다.

"코볼트 퇴치는 내 일이야. 빠져."

정말, 나답지 않다.

싸우고 해치운다. 그것이 모험가다. 이런 귀찮은 건 내 일이 아니다.

"오, 빠……."

그렇다고 전부 내팽개칠 수도 없다.

"너희한테는 미안하다."

말은 그렇게 했지만, 과연 누구의 잘못일까.

주민들은 코볼트를 나쁘게 생각하지 않았다.

이들에게, 나아가서는 자연에 경의를 표하고 배려했었다.

하지만 그건 인간의 사정이고, 코볼트에게는 아무 의미도 없었다. 행동의 의미를 이해하지 못하니까 잘못된 생각을 품었고 참극의 도화선에 불을 붙이고 말았다.

적어도 자원을 독점한 코볼트들도 악하진 않았다.

그건 생물로서 당연한 행위였다. 가족과 동료를 지키기 위해서 버릴 것을 버렸을 뿐이었다.

새끼에게 자기 몸을 바친 부모도, 그 부모를 먹은 새끼들도 틀림없이 악하진 않았다.

단지 본능에 따라 「먹이」를 인식하고 식사하기 위해서, 그들도 이 세상 생물들이 당연하게 하는 생명 활동을 했을 뿐이었다.

산다는 것은 그런 것이다.

"콰우."

린이 그런 소리를 내자, 무슨 의미가 담겼는지 몰라도 새끼 코볼트들은 내게 눈길도 주지 않고 목소리가 들린 쪽으로 달려갔다.

그들이 지나칠 때 나는 망설이지 않고 검을 휘둘렀다.

나뭇가지를 베는 것보다 쉬웠다. 막 태어난 뼈와 살은 너무나도 부드러웠다.

누군가는 탄생을 바랐을, 세계에서 유일무이한 존재들. 그런 갓난 코볼트들은 이 순간 머리와 몸통이 떨어져 허무하게 죽었다.

"어떻게 해야 좋을까요."

피 냄새가 충만한 굴 안에서 참극의 전말을 지켜본 촌장이 겨우 말 한마디를 쥐어짰다. 나와 린은 서로 얼굴을 마주 봤다.

"우리 생각이 짧았습니다……. 그게 모든 원인이었다고, 이해……했습니다."

그렇지만 이어진 말에는 현재 상황을 바꿀 힘이 없었다.

"하지만 주민들을 설득하기는 어렵겠죠. 우리는 많은 것을 잃었어요. 이 감정을 어디로 돌려야 할지, 우리는 모릅니다."

사실을 받아들이기보다 모든 코볼트에게 책임을 지우고 처리하는 편이 확실히 합리적이었다. 슬라임이 『높아봤자 30퍼센트』라고 한 이유도 여기 있었다.

논리가 아니라 감정.

이것을 바꾸기가 얼마나 어려운 일이던가.

"……숲에 사는 모든 코볼트를, 마저 퇴치해주십시오."

"넷?!"

린에게는 촌장의 그 말이 자포자기라는 식으로만 들렸을 것이다.

다 자신들의 행동이 불러온 결과인 줄 알면서도 그들은 안심과 안전을 원했다.

상실의 책임을 남에게 씌우려고 했다.

이럴 때, 손해를 보는 것은 언제나 약자부터다.

"뭐라고요?! 웃기지 마세요!"

그리고 코볼트보다 분위기 파악을 못하는 여자는 머리끝까지 화가 나 날뛰었다.

"이해해주십시오, 저라고 이러고 싶은 게 아닙니다. 하지만 촌 장으로서 저는 주민들의 생활을 지킬 의무가 있어요."

"크~!"

린은 분노가 너무 커서 차마 말이 나오지 않는지, 내 어깨를 퍽 퍽 쳤다.

"왜 날 때려!"

"의뢰인을 때릴 수는 없잖아요!"

오오, 그 정도 분별력은 있나……. 그 최소한의 상식으로 상황 이 바뀌지는 않겠지만.

촌장도 린이 이해해 주리라고 생각하지 않는 눈치였다. 그 눈은 나를 바라보고 있었다.

"부탁드립니다, 모험가님. 제가 당신을 믿게 해주십시오. 《퀘스 트》를 완수할 거라고."

"……."

지금 나는…… 하크라 이스티라는 어느 쪽이든 고를 수 있다.

린의 비합리적 감정에 따라서 함께 파멸하거나.

모험가로서 합리적이고 올바른 판단을 내려 린과 헤어지거나.

이곳이 **나의 분기점**이다.

"할아버지."

테토나는 무릎 꿇은 루돌프를 끌어안았다.

"난 싫어. 할아버지도 알잖아? 루돌프는 계속, 계속 날 지키려
고 했어."

"……그래."

"그런데도 안 돼? 루돌프, 죽여야 해?"

"코볼트들은 내 아들을, 네 아비를 빼앗아 갔어. 잊었니?"

"큭─! 그건! 루돌프가 아니야! 루돌프가 안 그랬어!"

"하지만 같은 코볼트야. 같은 비극이 또 일어나지 않는다고 어
떻게 장담해!"

"끼잉……."

루돌프가 힘없이 울었다. 말은 이해하지 못해도 분위기와 대화
가 어떻게 흘러가는지는 이해하는 모양이었다.

"……루돌프?"

루돌프는 그런 테토나를 상냥하게 떼어놓고 내 옆으로 왔다.

그리고 무릎 꿇고 머리를 숙여 목덜미를 드러냈다─ **목을 내놓
은 것이다.**

"─."

코볼트는…… 아니, 루돌프는 정말로 똑똑하다.

지금 자신에게 무엇을 바라는지 알고 있었다. 내게는 어떻게 발

버둥 쳐도 이길 수 없고, 테토나가 자신을 감싸면 가족과 불화가 생긴다는 것도 잘 알았다.

여기서 죽음을 받아들이는 게 자기 동료를 전부 내놓는 행동임을 알면서도.

"—."

식인 코볼트의 부모가 새끼에게 몸을 바쳤듯.

루돌프는 테토나를 위해 그러려고 했다.

"하크라."

린의 목소리가 내 귀를 때렸다.

"루돌프는 이미 치러야 대가를 치렀어요. 이 이상은— 균형을 맞출 수 없어요."

"균형이라."

인간의 얕은 생각이 코볼트 무리의 분쟁을 일으켰고, 그 결과, 동족상잔이 펼쳐져 인간도 코볼트도 평등하게 동료를 잃었다. 그리고 당사자인 식인 코블드는 이미 제거됐다.

모두 고통받았고, 모두 괴로워했다. 고통의 저울은, 대강 맞춰졌을 것이다.

그 균형을 납득하지 못하는 녀석이 한쪽에 추를 올리려고 했다.

아, 빌어먹을.

"……그런 건 아무래도 상관없어."

바보 같긴. 무슨 균형이냐. 나는 모험가다. 균형 따위 내 알 바 아니다.

"하지 마아!"

테토나의 비명이 뒤쪽에서 들렸다. 나는 검을 뽑았고—.

던져 버렸다.

챙그랑. 마른 쇳소리가 울려 퍼졌다.

"……그게 당신의 답, 인가요?"

촌장의 목소리는 반쯤 체념을 품고 있었다.

큰 한숨을 짜냈다. 그래도 상황이 호전될 리는 없었다.

우리의 《퀘스트》가 실패하면 다른 모험가가 와서 코볼트를 무분별하게 제거할 뿐이다. 시간은 걸리겠지만, 그러지 않을 이유가 없다.

"그래…… **당신 방침에 따라줄게**. 주민이 안심하고 생활할 수 있도록."

내 말이 무슨 뜻인지 아마 아무도 이해하지 못했다.

린도 슬라임도, 테토나조차 입을 멍하게 벌리고 있었다.

얼버무린다고 생각했는지, 의심스러운 표정을 짓는 촌장에게 내가 거듭 말했다.

"그러니까 **루돌프를 죽이지 않고 끝낼 방법**을 찾아야 한다는 거지?"

"……당신은 대체, 무슨 소릴 하는 거죠?"

"그걸 말해야 아냐."

어차피 물러설 곳은 없다— 그렇게 생각하니까 의외로 뭐든 할 수 있을 것 같은 기분이 들었다.

예를 들어, 그래, 머리가 굳은 촌장님의 목덜미를 잡고 따끔하게 소리치는 것도.

"식인 코볼트에게 아버지를 빼앗기고, 당신한테 친구까지 빼앗기고, 진실을 전부 아는데 누구에게도 말하지 못한 채 평생 끌어안고 살아야 하는 건 **댁네 손녀라고!**"

촌장 말대로 주민들을 위해 모든 코볼트를 제거한다면 그 균형을 잡기 위해 다음으로 희생될 건 누구인가.

뻔하다. **가장 약한 자다.**

주민들은 말할 것이다. 아, 다행이다, 이제 안심하고 살겠다, 더는 아무 걱정도 없다.

테토나도 잘됐구나, **아버지의 원수를 갚아서**, 라고.

자기들이 무익한 피를 흘렸다는 사실조차 깨닫지 못하는 주민들에게 원수를 갚았다며 축복받으며, 테토나는 이웃이었던 코볼트를 배신한 죄책감을 평생 짊어져야 한다.

촌장이 테토나를 봤다.

친구를 지키려고 루돌프에게 매달려 눈물이 그렁그렁한 눈으로 떨고 있는 조그만 손녀를.

"아, 아아아……."

"그런 것도 깨닫지 못할 정도로, 지금 당신은 냉정하지 않아— **처음에 자식을 잃은** 건 당신이니까."

"……아, 아아아아아……."

손을 놓자 촌장은 그대로 무릎 꿇고 목 안쪽부터 목소리를 쥐어짰다.

……아마 누구보다 납득하지 못한 사람은 촌장이었을 것이다.

마을을 다스리는 자로서 오래 코볼트와 공존했기에…… 배신을 용서할 수 없었다.

그러면 코볼트가 모든 원흉이기를 바랐다. 일말의 여지도 없이 악하기를 바랐다.

린이 보여준 진실은 촌장이 가장 바라지 않던 현실이었을 것이다.

"……하크라 씨, 할아버지를……."

테토나가 그 작은 발로 촌장에게 다가가서 어깨를 부축하며 나를 봤다.

"할아버지를, 용서해줘."

"……딱히 화난 건 아니야."

분위기에 휩쓸려 하고 싶은 말을 다 해 버렸다. 거북해져서 고개를 돌리는데…….

"아니, 그걸 누가 믿어요."

눈앞에 린의 얼굴이 있었다. 살포시 찌푸린 눈으로 내 얼굴을 올려다보는 위치에. 반사적으로 고개를 돌리자 얼굴을 더 들이밀었다.

"그렇게 무서운 얼굴로."

"……그래?"

"그렇다고요. 그래도 좀 기쁘네요."

그 미소는 숲속에서 처음으로 만났을 때 봤던 것과 아주 닮았다.

"하크라가 퇴치하는 방향으로 틀었으면 뒤통수를 후려갈길 생각이었는데."

……아, 그러셔. 잘됐네, 충동적으로 행동하지 않아서.

그렇게 대화를 나누는 사이, 흥분이 조금 가라앉았나 보다.

"……하지만 어떻게 해야 하죠?"

촌장이 천천히 고개를 들었다.

나잇값도 못 하고 울어서 눈시울은 붉었지만, 분위기는 다소 차분해졌다.

"내 아들 말고도 죽은 사람이 있습니다. 이제 와서 일부 코볼트에게 잘못이 있다고 말해도 주민들이 납득하지 않는다는 건, 사실입니다."

그것도 분명히 맞는 말이다.

이 문제를 파고들어 누가 잘못했는지 따지면 과일 수확을 앞당긴 촌장 때문에 마을에 사망자가 나온 꼴이었다.

"촌장, 미리 말하는데 당신은 최고의 행운아야."

"……그게 무슨."

"여기에는 세계에서 유일한 **마물 전문가**가 있거든."

그렇게 말하자 린은 이보다 더 환할 수 없을 만큼 미소 지으며…….

"잘 아시네요."

지팡이로 바닥을 톡 찍었다.

○

그 후에 일어난 일은 오래도록 라이데아에 전해지게 된다.

일단 내가 보던 광경을 정리하면 이러하다.

"캬우아아아아, 크오오오!"

벽 밖에서도 잘 들리는, 짐승이 미쳐 날뛰는 듯한 소리에 놀라
주민들이 허둥댔다.

"무슨 일이야!"

"큰일이다, 촌장님이!"

그 소란은 더 확대됐다. 손녀를 찾으러 호위까지 대동해 숲으로
갔던 촌장이 부상을 입고 돌아왔기 때문이었다.

"노, 놈들한테 공격당했어…… 테토나가 위험해! 안쪽이야, 숲
안쪽에!"

사태가 이렇게 되면 자경단이 총출동할 수밖에 없었다. 즉시 움
직일 수 있는 다섯 명이 무장해 촌장이 말한 숲 안쪽으로 들어갔다.

"저, 저건 뭐야……!"

거기서 그들이 본 것은 아마 상상도 하지 못했을 광경이리라.

코볼트 한 마리가 있었다. 인간에 비해 왜소하고 보잘것없는,

주민들도 잘 아는 작은 생물이었다. 온몸의 털가죽에 피가 번지고 숨도 끊어지기 직전인데 물러서려고 하지 않았다.

왜냐하면 그 뒤에 한 소녀가 있기 때문이었다.

"루돌프, 됐어, 이제 그만해! 도망쳐!"

그 외침에도 코볼트— 루돌프는 물러나지 않았다.

"케게게게!"

"퀘아, 크아아!"

"킥, 킥!"

대치하는 것은 그런 루돌프보다 훨씬 작은 코볼트 세 마리였다.

하지만 그 얼굴은 같은 코볼트라고 믿을 수 없을 만큼 달랐다. 식인 코볼트들이었다.

"캬우! 캬우!"

그것들은 루돌프를 이빨로 물고 늘어지다가 떨어져 나가기를 반복했다. 고기를 탐내는 악귀 같았다.

믿어지지 않는 광경에 주민들은 당혹스러워 어떻게 해야 할지 망설였다.

하지만 그들과 관계없이 상황은 계속해서 변화했다. 식인 코볼트가 더 큰 소리로 울부짖자 후방에서 스무 마리가 넘는 무리가 줄줄이 나타났다.

"크으—."

그 숫자는 감당할 수 없다고 판단했는지, 루돌프가 테토나 양을 지키려고 위에서 감쌌다. 등을 보이고 꼬리를 말아 조금이라도 소녀의 피부가 보이지 않도록.

"루돌프!"

그 목소리는 소녀를 다치게 하지 않겠다고 더욱 강하게 끌어안는 결과만 낳았다.

"이, 이봐, 어떻게 하면—."

"테, 테토나를 구해—."

"그래도 코볼트가—!"

그때, 코볼트 한 마리가 무리를 헤치고 앞으로 나왔다.

식인 코볼트들은 식량 사정상 체구가 작고 마른 경우가 많지만, 녀석만은 예외였다.

루돌프보다 세 배는 커 보였다. 긴 혀를 늘어뜨리고 한 손에 곳곳이 녹슨 장검을 들었으며, 허리에는 천을 감았다.

도저히 코볼트로는 보이지 않았다. 모르는 사람이 보면 워울프로 착각할 것이다.

틀림없이 무리의 우두머리, 이름을 붙인다면 상위종— 하이 코볼트일까.

"아……."

테토나 양이 하이 코볼트의 허리를 보고 힘없이 중얼거렸다.

"아, 빠……."

"크라……!"

왜 죽은 아버지의 옷을 몸에 감고 있는가, 무기를 들고 있는가, 누가 아버지를 잡아먹었는가.

그녀가 전부 이해한 동시에 하이 코볼트가 혀를 날름거리며 검을 치켜들었다.

젊고 작은 고기가 아주 먹음직스럽게 보였으리라.

바로 칼이 떨어지려는, 그 순간.

""""아오오오오오오오오오오오오오오오오오오오오오오오!!""""

수많은 포효가 겹쳐서 울렸고 대포가 되어 하늘을 찔렀다.

식인 코볼트들에게도 동요가 퍼진 듯했다. 인간에게는 단순한 짐승 울음소리라도 그들에게는 명확한 적의를 드러내는 신호였으니까.

"안 늦었어요! 전원 돌격!"

숲의 공기를 낭랑하게 울리는 그 호령에 맞춰 수십 마리의 코볼트가 튀어나왔다.

단, 그것은 식인 코볼트가 아니었다. 주민들이, 혹은 세상 사람들이 잘 아는 전형적인 코볼트.

루돌프 무리의 동료였다.

"카오오오오오!"

"캭, 캬악!"

그들은 테토나 양과 주민들에게 눈길도 주지 않고— 심지어 식인 코볼트에게서 그들을 지키듯 포진했다.

"오른쪽부터 공격! 몰아붙여요!"

그리고 그것을 지휘하는 것은 다른 누구도 아닌 아씨였다.

지팡이를 들고 끝부분으로 땅을 톡톡 두드렸다. 그 리듬에 맞춰 코볼트들이 일사불란한 움직임을 보여줬다.

"다, 당신은 그 모험가— 이게 무슨 상황이야?!"

주민들은 의아할 만했다. 왜 『배신자』인 코볼트들이 사라진 촌장의 딸을 지키고 싸우는지. 그리고 왜 모험가 소녀가 코볼트에게 지시를 내리는지.

"물론— 마을 사람을 덮친 나쁜 코볼트 퇴치죠!"

아씨는 사랑스러운 윙크를 곁들이고 소리쳤다.

그동안에도 아씨가 이끄는 코볼트들은 머릿수가 많은 식인 코볼트를 가차 없이 압도했다.

애초에 흉포성을 고려하지 않는다면 식량난에 허덕이는 영양실조 무리와 숲의 은혜를 충분히 누린 무리였다.

서로 살의를 가지고 충돌하면 싸움이 될 리 없었다.

발톱을 세워 팔을 휘두르기만 해도 획획 나가떨어지고 도망 다녔다.

"키이이이이—!"

루돌프 무리는 아씨의 지시에 따라서 절대로 1대1로 싸우지 않고 여러 마리가 함께 공격했다.

이런 작전까지 동원하면 식인 코볼트 무리에게 승산이 있을 리 없었고 한 마리씩 후퇴할 수밖에 없었다.

"크워어어어어어어어어어!"

차례차례 동료가 당하는 모습을 보고 하이 코볼트는 빠르게 행동했다.

무리의 우두머리는 그만큼 강하고 지능도 높다.

승산이 없다고 판단하자마자 발걸음을 돌려 도망치기로 한 것이었다. 그 판단력 덕분에 그는 지금까지 살아남았을 것이다.

다만—.

"여어, 수고했어."

그들이 도망친 길은 이곳에서 가장 위험한 사지였다.

"그럼 잘 가라."

코볼트들의 도주 경로에 대기하던 애송이가 미스릴 검을 무자비하게 휘둘렀다.

머리가 뎅겅뎅겅 잘려 나갔다. 당황해서 왔던 길로 도망가려던 녀석은 뒤에서 벽을 만든 코볼트들이 놓아주지 않았다.

"키, 키익!"

인간과 마물의 협력이라는, 본래 성사될 리 없는 몰이사냥 끝에.

"남은 건 너뿐이야."

생존한 식인 코볼트는 하이 코볼트 한 마리가 됐다.

식인 코볼트가 무장한 주민들을 살해하고 잡아먹었다.

그 사건 자체가 우연에 우연이 겹쳐 일어난 기적일 뿐이고, 아무리 굶주려도 코볼트는 코볼트.

가장 약한 마물이라는 사실은 전혀 변하지 않는다.

루돌프를 비롯해 원래 이 숲에 사는 코볼트는 선천적으로 싸움을 좋아하지 않는다. 정확히는 싸운 경험이 없어서 천적에 맞서 싸운다는 생각을 하지 못했다.

식인 코볼트가 나타나고 자신들이 표적이 됐다고 이해한 순간, 그들은 깨끗하게 포기하고 **오로지 도망**만 쳤었다.

루돌프만 테토나와 만나기 위해서 마을 근처의 굴을 지켰던 것이고, 코볼트들은 잡아먹혀 전멸한 게 아니라 굴을 찾기 어려운 곳으로 도망쳤을 뿐이었다.

그래서 식인 코볼트들이 식량을 확보하지 못해 인간을 공격하는 불상사가 벌어졌지만…… 사실 그들은 처음부터 굶주려 있었다. 영양이 부족해 어느 개체고 비쩍 말랐던 것을 보면 일목요연했다.

'주민들 앞에서 코볼트들이 아군이라고 증명하면 되는 거죠? 그럼 최선을 다해 연기해 볼게요.'

아씨의 힘이라면 그게 가능하다. 코볼트들을 하나로 묶고, 명령대로 움직이고, 원하는 결과를 얻어낼 수 있다.

테토나 양은 이 소동으로 아버지를 잃은 비극의 소녀였다.

그런 그녀를 제 한 몸 바쳐 지켜낸 루돌프와 동료들을 보여준다.

단, 미끼가 될 사람은 테토나 양이 맡을 수밖에 없었다. 촌장과 애송이는 극구 반대했지만, 정작 본인은 흔쾌히 승낙했다.

'그야 루돌프를 믿으니까.'

그것은 루돌프에게 충분히 『싸우는 이유』가 되어줬다.

그다음은 루돌프에게 동료의 위치를 알아낸 아씨가 굴을 하나 하나 방문하며 코볼트들을(물리적으로) 설득하고 소집해서 지시대로 움직이면 된다.

아씨는 온갖 마물을 따르게 하는 「마물을 부리는 아이」니까.

그리고 테토나 양을 지켰다는 실적이 있으면 촌장도 코볼트들을 감싸기 쉬워진다. 남은 일은 주민들이 우리에게 유리한 방향으로 해석하도록 연기할 뿐이다.

그 모습을 보여줘도 강경하게 죽이라고 주장하는 자가 과연 얼마나 있을까.

"카, 끄르……그……!"

눈앞에는 모험가와 썰린 동족의 시체 더미, 뒤에는 사냥감이었을 자들.

"크르르르르르……."

도망치지 못하게 코볼트들이 원을 만들어 둘러싸지만, 노골적으로 드러난 분노와 마주해야 했다.

당황, 동요 따위의 감정도 손바닥 보듯 훤히 들여다보였다.

"식인 코볼트들도 어떻게 보면 피해자일지 모르지만…… **너는 별개야.**"

말이 통할 리도 없지만, 애송이는 굳이 하이 코볼트에게 말했다.

"동족 포식에 빠진 코볼트라도, 태어난 지 얼마 되지도 않은 꼬맹이가 부모를 잡아먹을 만큼 굶주릴 리 없다……라고 하더군."

그건 아씨가 굴을 돌아다니며 무리의 규모를 계산하고, 숲 넓이와 대조해 개체 수를 산출, 분석한 결과였다.

"린의 이야기에 따르면 너희의 지능으로 그걸 깨닫지 못할 리가 없어."

"카, 크, 르……!"

하이 코볼트도 애송이의 말을 이해하지는 못할 것이다. 하지만 거기에 묻은 적의는 전해졌으리라. 롱소드를 쥔 팔에 힘이 들어갔다.

"게다가 그 덩치, 얼마나 먹었어? 야…… 너, **양식**했지?"

식인 코볼트들이 동족을 넘어서 인간에게까지 손을 댈 만큼 곤궁해진 이유.

가장 강한 개체가 식량을 독점했기 때문에— 그리고 그들의 주식은 코볼트였다.

코볼트는 다산하고 출산 주기가 빠르다…… 그렇다면 최적의 답은 **식량을 낳는 것**.

그 방식을 독점하고 식사에서 영양을 남김없이 흡수하는 몸으로 먹고 또 먹어서 탄생한 것이 이 하이 코볼트다.

다른 코볼트가 굶주려도 자기만은 배를 채운, 이 일련의 사건이 낳은 업보 그 자체.

그렇게 가장 강하고, 가장 영리한 코볼트이기 때문에…… 알 수 있었다.

"인간도 먹을 수 있지? 자."

검을 든 이 모험가에게.

"덤벼."

자신은 절대로 이길 수 없다고.

남은 식인 코볼트는 생각했다. 코볼트로서 태어난 지능을 최대한 활용해서.

"카! 키, 긱, 키히히, 캬우!"

그렇게 그가 선택한 것은 **식사**였다.

코볼트를 먹는 코볼트, 주식은 동족. 그렇다면 눈앞에 쌓인 뼈와 가죽 잔해는 **진수성찬**이다.

조금 전까지 같은 고기를 먹으려던 그 시체에 마지막 식인 코볼트가 달려들었다. 동료의식이나 정 따위 전혀 느껴지지 않고 오직 본능만이 그곳에 있었다.

"캬우! 캬우캬! 가우우!"

이 생물이 만약 살아남아도 어떤 미래가 기다릴까.

그 답은 영원히 나오지 않는다. 놈의 이빨이 살점을 씹기 전에 애송이의 칼이 빠르게 그 목을 베었다.

◆

냉기를 느끼고 눈을 떴다. 하늘은 아직 동이 트기 시작한 참이라 어둑어둑했다.

어젯밤 마을 광장에서 벌어진 연회는 정말 성대하다고밖에 설명할 수 없었다. 과실주와 닭고기가 끊임없이 제공되고, 모든 악몽을 잊으려는 것처럼 모두 밤새도록 먹고 마셨다.

거기서 새롭게 알게 된 사실이라면 역시 린이라는 여자의 위장에는 용량 한계가 없다는 것과 코볼트는 술을 마시면 한 방에 취해서 쓰러진다는 것이었다.

"……후우."

지쳐서 땅바닥에 잠든 주민들과 그 옆에 몸을 둥글게 만 코볼트가 여기저기서 보였다. 상식 있는 여성들과 사회적 체면을 지켜야 할 사람들은 연회도 적당히 즐기고 집으로 돌아갔을 테니까 여기 쓰러진 자들은 명실상부 놈팽이들이다.

"하크라."

물이라도 마시려고 우물로 갔더니 린이 먼저 두레박을 끌어올린 참이었다. 의외로 물을 컵에 담아줘서 단번에 들이켰다.

냉수가 목을 타고 전신으로 수준이 스며드는 기분이었다.

"수고했어요. 야아, 맛있었죠…… 닭도 술도."

"아, 그쪽?"

황홀한 눈으로 연회를 회상하는 이 여자가 마을 비축의 몇 퍼센트를 먹어 치웠을지 생각하면 라이데아에 미안한 마음이 들었다.

"아뇨, 다른 것도 있지만요."

"엉?"

"이번 건으로 제가 해야 할 말은, 고맙습니다, 겠네요."

"……."

"……표정이 왜 그래요?"

"너도 감사할 줄 아는구— 앗차가?!"

린이 마시려던 물을 냅다 나한테 끼얹었다. 그래, 이 여자는 이런 인간이지.

"저도 1년에 몇 번 정도는 고맙다고 한다고요."

"빈도가 너무 적잖아……."

"어흠, 이번에는…… 저 혼자선 루돌프를 지키지 못했을 거예요."

"딱히 그 녀석을 지킬 생각은 아니었어."

"그래도 아오가 저를 배신해도 된다고 말했었죠?"

"……알고 있었냐?"

아니, 배신 같은 살벌한 내용은 아니었다만.

"……아~! 인간은 정말 알 수가 없네!"

작게, 하지만 또렷한 목소리로 린은 외쳤다.

"거기서 받아들이지 못한 촌장님도 이해가 안 되고, 하크라, 당신도요!"

"나도?"

"그럼요. 그렇게 화낸 게 좀 의외였어요. 하크라 입장에선 촌장님에게 따르는 편이 편하잖아요? 원래 제가 하려는 행동에도 반대했고요."

그건 그렇지만, 확실하게 답해 주기도 석연찮아서 나는 고개를 틀었다.

"거기서 코볼트를 전멸시켜서 해결하면 아무리 그래도 기분이 찜찜하지."

왠지 린의 표정에 그늘이 보였다.

마음이라도 쓰는 건가 싶어서 나도 모르게 웃음이 나왔다.

"······이래 봬도 저, 걱정하는 거거든요?"

불퉁하게 볼을 부풀리는 모습이 영락없이 어린애였다.

"······빚을 갚은 거야."

"빚?"

그다지 말하고 싶지 않지만, 더 숨기다가 분위기가 이상해져도 곤란하다.

고개를 돌린 채 나는 어쩔 수 없이 본심을 토로했다.

"울릴 생각은 없었어."

나는 원래 코볼트들에게 아무 정도 없었다.

의뢰인이 죽이라고 하면 죽이고, 죽이지 말라고 하면 죽이지 않는다.

그래도 **테토나를 울린 것**만은 내 실수였다.

마을 사람들이 행동의 대가를 치러야 한다면 나도 그리 해야 마땅하다.

그렇다, 한마디로······ **균형을 맞춰야** 하니까.

"······저, 하크라를 조금 이해했어요."

"뭐야, 갑자기."

대꾸하는 동시에 반사적으로 눈동자를 보고 말았다.

그 순간 패배가 확정된다고 알고 있으면서도, 나도 모르게.

린은 씩 웃고— 있지 않았다.

기쁘게, 그 나이에 걸맞게.

꾸밈도 겉치레도 없이, 아주 자연스럽게. 그것은 아마.

"말하면 화낼 거 같으니까, 말 안 할래요."

내가 처음 본, 린의 순수한 미소였다.

◆

후일담, 보다는 큰 맥락과 관계없는 사족.

은근슬쩍 마을 연회에 참여해 실컷 술을 퍼마셨을 텐데 마부 아저씨는 쌩쌩했다. 화물을 싣고 짐을 정리하자 순식간에 라이데아를 떠날 시간이 됐다.

"정말 감사합니다."

배웅 나온 건 촌장과 테토나…… 그 옆에서 꼬리를 흔드는 루돌프였다.

"마을 사람들에게는 기회를 보고 진실을 말하겠습니다."

결국 코볼트가 사람을 잡아먹은 진짜 이유는 주민들에게 알리지 않았다. 당장은 우리가 말을 맞춰서 우연히 흉포한 무리가 태어났다는 이야기로 둘러댔다.

"린 씨, 하크라 씨."

테토나는 여전히 루돌프와 손을 잡고 있었다.

"고마워. 나, 루돌프랑 친구로 지낼 수 있어."

"끙."

"나는 감사받을 일은 한 적 없어. 그보다 힘든 건 지금부터지."

내 말에 테토나는 고개를 끄덕였다.

"그래도 나, 할게. 루돌프도, 루돌프의 아이도, 그 아이와도 똑바로 마주할게. 라이데아를 그런 마을로 만들게."

촌장은 그 선언에 쓸쓸히 웃었지만, 이 마을에 잠깐이나마 관련된 사람으로서 잘되기를 바랄 뿐이었다.

"어이, 루돌프."

"끙?"

"제대로 지켜줘라."

"─월!"

……뭐, 어떻게든 되겠지. 관련된 이상 좋은 일이 있기를 바라는 수밖에.

"좋아, 그럼 출발하자!"

곧 마차가 서서히 움직였다. 점점 라이데아가 보이지 않게 됐다.

"……그나저나 수지가 안 맞네."

"에이, 실컷 먹고 마셨잖아요. 상대적으로 흑자예요, 흑자. 말린 엘리세도 잔뜩 받았으니까 당분간 간식 걱정은 없겠네요!"

"넌 정말로 식탐이 최우선이네……."

따뜻한 햇살에 과일로 채운 배, 마차의 적당한 흔들림.

"쿠울……."

그것들이 합쳐진 결과, 얼마 지나지 않아서 린은 쿨쿨 소리를 내기 시작했다.

정말로 자유롭고 경계심이 없는 녀석이다……. 아니, 이 녀석을 지키는 게 내 일이긴 하지만.

"……야, 슬라임."

『왜 그러지? 애송이.』

그리고 잠시 기다렸다가 눈꺼풀 움직임으로 린이 확실히 잠들었다고 확인한 뒤, 나는 마부 아저씨에게 들리지 않게끔 목소리를 죽여 슬라임을 불렀다.

금발의 베개가 되었던 슬라임은 그 자세(?)를 유지한 채 목소리만으로 답했다.

"하나 신경 쓰이는 점이 있는데."

『내가 대답할 수 있는 것이라면 대답하지.』

그것은 단순한 내 상상이었다.

얻은 정보를 끼워 맞추다가 그려낸, 단순한 상상화에 지나지 않는다.

그래도 확인하지 않을 수 없었다.

그것은…… 향후 방침에 큰 영향을 준다.

"내가 닥치는 대로 코볼트를 사냥하고 이 《퀘스트》를 끝냈으면, 어떻게 됐지?"

내 물음에 슬라임은 몇 초 뜸을 들였다.

『…….』

"뭐야, 그 침묵은."

슬라임은 몸을 꾸물꾸물 흔들더니 눈……으로 보이는 핵 두 개를 내 쪽으로 움직였다. 베개가 움직인 탓인지, 린이 불쾌하게 앓는 소리를 냈다.

『―애송이, **네가 상상하는 대로다.**』

"……"

이번 사건은 마을 주민과 코볼트, **양측의 몰이해로 생긴「폐단」** 으로 발생했다.

인간이 코볼트를 알지 못했던 것처럼, **코볼트도 인간을 알지 못했다.**

약육강식은 자연의 법칙이고 린은 그것 자체를 부정하지 않았다.

사태의 발단은 인간이 만들었으나…… 우리가 라이데아에 도착한 시점에서 주민들은 이미 그 대가를 동포의 목숨으로 치렀다.

그 사이의 타협점을 찾기 위해「폐단」인 식인 코볼트를 제거해 관계를 복구하려고 했다. 즉, 린은 **시종일관 균형을 맞추려고 했다.**

코볼트를 전부 제거하면 균형을 맞춘 저울이 다시 기울어진다.

"……코볼트를 잡아먹는 건 꼭 **동족 포식 코볼트만이 아니야.**"

힘이 약해서 번식 능력을 키운 종족이 코볼트라면.

순수하게 식량으로― **코볼트를 먹는 종족도** 있지 않을까.

그게 인간이 활동하는 범위에서 보이지 않는, 숲 깊은 곳에 있을 뿐.

그 녀석들이 인간 생활권에 나오지 않는 이유는 코볼트가 숲 근처에서 안쪽까지 얇고 넓게 분포해 완충재 역할을 하기 때문이라고 생각한다면.

위태로웠을 것이다. 코볼트들이 활동 영역을 좁히고 숨어지내게 됐으니까.

축제에 낼 과일이 부족해 숲에서 수확한 것은 인간의 사정이었다.

이번에는 그 과일이 코볼트로 변한다. 자연에서 코볼트라는 식량이 사라진다면?

포식자들은 똑같이 대신할 것을 찾아 평소 발을 들이지 않는 영역까지 나올 것이다.

예를 들어 마소가 옅어 강한 마물이 살기 힘든 인간의 영역이라도.

먹지 않으면 죽는다…… 그게 산다는 것이다.

린은 구태여 그것을 촌장과 사람들에게 설명하지 않았다.

사실을 말하고, 진실을 폭로하고, 전부 해결하는 선택지를 제시한 뒤 자신들의 사정을 우선한다면…… 그 결과도 받아들여야 균형이 맞으니까.

라이데아는 진정한 파멸을 간발의 차로 피한 셈이다.

이웃을 다시 받아들인다는 위험 부담을 대가로.

……정작 린은 베개가 원상태로 돌아온 덕분인지, 다시 편안한 숨소리를 내고 있었다.

『흠, 그나저나 애송이.』

슬라임은 마을에서 슬쩍한 엘리셰를 주물럭거리며 말했다.

"엉?"

『귀찮았지? 아씨와 함께 있으면 항상 이렇게 돼.』

"하."

무심코 코웃음 치고 말았다— 그런 건 말 안 해도 안다. 그러니까.

"……그래. 귀찮아."

마음속 깊은 곳에서 우러나온 감정에 따라 나는 그렇게 대답했다.

그 이상 슬라임은 아무 말도 하지 않았다.

필요 계급 G랭크, 보수는 새 발의 피.

하지만 고생은 과거 최대 수준이었던, 린과의 만남 후 첫 《퀘스트》는 일단 이렇게 마무리되었다.

제2장 **죽는다는 것**

Monster Master Girl

~Green-eyed girl~

오늘도 「놈」이 마을 근처를 어슬렁거린다.

레스톤은 작은 마을이라서 자체적으로 해결할 수 없는 문제가 생기면 촌장과 유지들이 오랜 시간 회의라는 이름의 책임 떠넘기기 끝에 결국 전문가에게 맡기는 게 최고라는 결론에 이르러 모험가를 찾는다.

그러려면 파발마로 왕복에 하루가 걸리는 에스마나 그 세 배는 먼 크로벨까지 나가야 한다.

레스톤은 벽촌이다. 정기적으로 행상인이 찾아와 특산품인 가죽 세공품이나 소 가공품을 사 가지만, 수익은 일용할 양식을 얻는 정도다.

특히 가죽 세공품은 수요가 마을 밖의 온갖 사정에 좌우되는데, 도시까지 가서 유행을 조사하려는 사람은 없다.

마을 중역들은 그것이 자족한 삶이며, 사치는 적이라 여신님의 가르침을 인용해 가르치지만, 내가 볼 때는 큰 변화를 꺼릴 뿐이다.

다행히 이 부근은 마물이 거의 나오지 않는다. 강에 둘러싸인 축복받은 입지 덕분이기도 하겠지만, 옛날부터 이렇게 살아온 어른들은 그 고마움을 느끼지 못한다.

한술 더 떠서 노인들은 마물이라고 해봤자 코볼트밖에 없는데 외벽을 세워 열심히 유지하는 다른 마을을 노골적으로 비웃기도 한다.

그런 마을인지라 『마물이 나타난다』는 것은 그만큼 큰 사건이자 비상사태다.

코볼트라면 돌을 던져 쫓아내면 그만이지만, 지금 내 눈에 들어온 「놈」은 인간의 형태를 하고 있다.

"……"

살이 떨어진 몸, 썩어서 빠진 눈알, 노출된 뼈.

죽었을 터인 인간. 움직이지 않을 터인 시체.

이쪽으로 다가오지는 않는다. 멀리서 빤히 마을 안을 바라본다.

"어서 돌아와, 아렌……"

게으르고 쪼잔한 촌장도 코앞에 저런 게 있으면 이야기가 달라진다.

에스마로 말을 보낸 게 벌써 며칠 전이다. 아직 돌아오지 않는 것을 보면 대응할 인원이 없는지도 모른다. 나날이 조바심만 커진다.

그래도 우리에게는 **저걸** 퇴치할 수단이 없다. 왜냐하면……

○

"아, 리빙 데드요?"

아씨가 에스마로 돌아오고 이틀째 아침, 길드에 새로운 《퀘스트》를 찾으러 가자마자 직원이 그런 이야기를 꺼냈다.

"네, 에스마에서 동남쪽에 있어요. 라이데아와는 반대 방향─ 레스톤이라는 마을이에요. 그 주변에서 리빙 데드가 나왔다고 해요."

에스마 길드에서 일하는 접수 담당원 에리펠 양은 날카로운 눈매에 안경을 쓰고 길드 지부 직원용 제복을 입은, 멋도 없고 재미도 없어서 아씨와의 궁합은 안 좋은 의미로 보장된, 고지식이라는 말이 살아 숨 쉬는 듯한 여성이었다.

에스마에 머물면서 그녀를 통해 몇 번 《퀘스트》를 받은 결과, 아씨의 능력을 높이 샀는지 담담하고 사무적으로, 그리고 태연하게 귀찮은 일을 넘겨주게 됐다.

그래서 최근에는 에리펠 양이 없을 때를 골라 길드를 찾아왔는데 히드라 의뢰로 추가 보수를 뜯어내거나 《퀘스트》를 지나치게 오래 음미했다가 클레임이 들어온 탓인지, 카운터에 아씨가 얼굴을 비추자마자 직원이 교대하며 그녀가 나타났다.

에스마 길드가 정식으로 그녀를 아씨 담당으로 정한 모양이었다. 귀찮은 일을 떠넘겼다고 볼 수도 있겠지만.

"왜 그걸 저한테? 그건 신관이나 교회 기사가 할 일이죠. 항상 숲째 마을째 불태우고 다니잖아요."

살아있는 시체나 움직이는 해골, 유령 등 이른바 언데드 처리를 일반 모험가에게 맡기는 경우는 거의 없다.

죽은 자의 넋을 달래려면 여신의 권능인 《정화 마법》이 필요해서 그런 문제는 우선 교회로 보내는 것이 통례였다.

언데드도 마물의 일종인 이상 「마물을 부리는 아이」인 아씨의 전문 분야기는 하나, 길드와 교회는 몹시 사이가 안 좋아서 마찰이 생기면 귀찮은 문제로 발전하기 일쑤였다.

심지어 아씨는『태초의 마녀 린그린의 정통 후계자』인데 교회는 마녀를 경멸의 대상으로 정의한다. 이건 거의 물과 기름이다.

그래서 어지간한 문제가 아니면 교회에 연관되지 않겠다는 것이 아씨의 방침이고, 나도 전폭적으로 지지하는 바였다.

하지만 에리펠 양은 담담한 어조를 유지하며 대답했다.

"대응 가능한 인원이 없어요. 지금 에스마 교회에는 정화 기술이 없는, 아직 세례받지 못한 수녀(시스터)뿐이에요. 교회 기사는 출장 중이고요."

"교회 기사가? 왜요?"

교회 기사는 교회 무력의 중추라서 담당 도시를 벗어나는 일은 제법 드물다.

아씨가 내키지 않는 듯이 대답하자 에리펠 양은 내 쪽……이 아니라 등 뒤에서 조용히 이야기를 듣던 애송이…… 아씨의 동행인 하크라 이스티라에게 눈길을 보냈다.

흰 곱슬머리에 피처럼 붉은 눈. 남자 중에서 키가 큰 편은 아니지만, 덩치가 작은 아씨와 비교하면 듬직해 보였다. 본인은 남의 일처럼 하품이나 하고 있었지만.

"릴리에트…… 에스마 서쪽에 있는 상업 도시예요. 거기서 **마녀 재판**이 있었어요."

그렇게 말한 순간, 사례들린 것처럼 쿨럭거렸다.

아씨는 더럽다는 듯이 인상을 쓰고, 발끝으로 애송이의 정강이를 가볍게 찼다.

듣기 좋은 소리와 함께 탁한 비명이 들렸지만, 그건 일단 넘어가고.

"그 사건으로【성녀 기구】가 움직여서 호위와 이동을 위해 에스마를 떠났어요. 그래서 인원이 부족하다고 하네요."

그 이름이 나온 순간, 아씨가 더 질색했다. 무슨 일이 있었는지는 짐작해주길 바란다.

에리펠 양은 표정을 전혀 바꾸지 않고, 시선을 전혀 움직이지 않고…… 즉, 한쪽 무릎을 꿇고 정강이를 부여잡은 애송이를 보며 말했다.

"당신이 원인이라고도 할 수 있고요.「마녀사냥」하크라 씨."

아씨와 나도 그 한마디를 듣고 동시에 애송이를 돌아봤다.

애송이는 정강이를 잡고 웅크린 채 얼굴과 눈을 돌려 우리를 최대한 보지 않으려고 했다.

"……."

"아니, 잠깐, 아니라니까. 내 이야기부터 들어."

「태초의 마녀」린그린의 후계자인 아씨는 애송이에게서 멀어져 적잖게 거리를 뒀다.

"죄송해요, 다른 용건이 떠올라서요……."

"너한테 길드에서《퀘스트》를 받는 것보다 중요한 용건이 어디 있어?!"

"무슨 목적으로 저한테 접근했어요!"

"네가! 나한테! 먼저! 접근했잖아!"

"그랬죠!"

감정대로 떠들 때, 자기한테 불리한 사실을 잊는 것은 아씨의 수많은 나쁜 버릇 중 하나였다.

"아니, 그러면 왜 말을 안 했어요!"

"처음부터 마녀의 자손이라고 소개한 녀석한테 얘기했다가 버려지면 진짜 죽으니까!"

우리를 불필요하게 경계해서 별의별 트집을 다 잡더니, 모험가다운 타산도 있었나 보다.

"저를 어떻게 보고 그런 말을! 방치 안 해요! 제대로 끝장내고 매장한 뒤 갈 거예요!"

"그럼 말하지 않아서 다행이네!"

고래고래 소리치는 두 사람을 잠시 바라보던 에리펠 양은 갑자기 두 손을 짝 쳤다.

"장난은 그 정도만 해주시겠어요?"

""네……."""

진지한 인간이 진지하게 화내면 진지하게 무섭다.

두 사람이 이구동성으로 대답하자 에리펠 양은 서류를 카운터 위에 올렸다.

"식비는 개인 부담이지만, 보수에 그만큼 추가하겠습니다."

"아직 받겠다고 안 했는데요……."

"그럼 다른 《퀘스트》로 하실래요? 하수도 쥐 사냥에 《마정굴》 채굴 투어, 요정(페어리) 퇴치용 등불 설치 등 추천하는 일은 얼마든지 있어요."

"G랭크용 《퀘스트》잖아요—!"

사실상 선택지가 사라진 아씨는 길게 신음했다.

"린."

"왜 불러요, 위치 헌트 씨."

"시끄러워. 그보다 보수는? 수지는 맞아?"

아씨는 서면을 보고 요란하게 한숨 쉬었다.

"솔직히…… 상당히 괜찮은 액수네요. 어어어엄청나게 귀찮겠
지만!"

"결정됐군. 그거로 해."

두 사람의 계약으로는 《퀘스트》를 진행하는 사람은 아씨이며,
애송이의 일은 예상치 못한 사태에 대비한 호위였다.

모험가는 언제 어디서든 합리적으로 움직이는 생물이다. 일이
아무리 귀찮아도 작업의 핵심은 아씨가 맡으니까 수익이 좋은
《퀘스트》를 고르는 건 애송이에게는 합리적 선택이었다.

"그럼 그렇게 처리할 테니까 잘 부탁드릴게요. 무사히 귀환하시
길 빌어요."

크든 작든 위험한 《퀘스트》를 맡는 모험가에게 모든 길드 직원
이 쓰는 형식적 인사말을 그녀도 담담하게 읊었다.

"……에리펠 씨."

아씨는 눈살을 좁히며 에리펠 양을 노려봤다.

"왜 그러시죠?"

"그 목걸이, 센스 없네요."

아씨의 시선은 에리펠 양의 목에 있는 가죽 세공 목걸이로 가

있었다. 깔끔하게 차려입은 제복에 엉성한 목걸이가 썩 어울리지는 않지만, 남의 취향을 흉보는 것은 생트집이었다.

"알아요. 무슨 문제라도 있나요?"

물론 철의 여인이 그런 싸구려 도발에 넘어갈 리 없었다. 한마디로 받아치고 이제 볼일 없다는 식으로 서류를 보며 업무로 돌아갔다.

"······에잇."

"야, 위험하게?!"

아씨의 분노는 애송이에게 향하여 다시 발차기가 날아가지만, 역시 두 번은 당해주지 않았다.

▽

"안녕, 클라우나."

"안녕하세요."

아침에 일어나서 추위에 떨며 몸가짐을 적당히 가다듬었다.

길을 지나는 사람들과 인사를 나누면서 오늘 쓸 물을 길으러 광장까지 나가자 벌써 마을 부인들이 빨래터에 모인 양 수다를 떨고 있었다.

"들었어? 얼마 전에 라이데아에서 사람이 잡아먹혔대!"

"무서워라. 우리 마을 근처에도 가끔 오던데, 코볼트."

"그냥 소문이지. 그보다도······."

언제 봐도 부인들은 시끌벅적했다. 화제가 정신없이 바뀌어 대화는 끝날 기미가 보이지 않았다.

"안녕하세요."

"어머, 클라우나. 잘 잤니?"

"오늘도 예쁘네. 젊기도 해라."

"부러워~."

인사 한 번으로 돌아오는 반응이 이거다. 쌩 웃으며 고개를 꾸벅이고 우물 안으로 두레박을 떨어뜨렸다.

"으……."

이른 아침의 우물에서 물을 긷자 손이 무섭도록 시렸다. 무심결에 세어나온 목소리를 꾹 참는 것까지가 이 작업의 한 세트였다.

부인들처럼 물을 튕겨내는 가죽 장갑을 나는 아직 갖지 못했다.

그 모습을 보던 몇 명이 씁쓸하게 웃으며 말을 걸었다.

"늘 고생이 많아. 그래도 이제 얼마 안 남았지?"

"아렌만 돌아오면 돼."

"우리 남편이 그러더라, 소질이 좋다고! 이제 정말 금방이야!"

그 웃음은 자신들의 젊은 시절이 떠오르는 내 움직임과 머지않아 자신들과 함께할 아이에 대한 소소한 축복이었다.

"네. 저도 빨리 가지고 싶네요, 장갑."

소리를 지르며 젊은 애는 좋겠다고 또 소란을 떨었다.

레스톤을 지탱하는 것은 소가죽 가공품인데, 그중에서도 장갑은 특별했다.

남자는 아버지에게 만드는 법을 배우고, 여자는 남편이 될 남자에게 그것을 선물 받는다.

나처럼 결혼할 남자가 외지 출신일 경우, 누군가에게 제자로 들어가서 만드는 법을 처음부터 배운다.

그 기술을 인정받을 때까지는 내 손이 장갑을 낄 일은 없다.

"빨리 돌아와, 아렌……."

오늘 물은 한층 차가웠다. 닿았던 부분이 아직 얼얼하고 조금 아팠다.

○

아씨는 기본적으로 말이 많다. 나와 둘이서 여행하는 동안은 내가 말을 받아줬지만, 애송이가 끼면서 그 역할도 애송이에게 넘어갔다.

아씨가 하고 싶은 말을 마음껏 말하고, 애송이는 적당히 맞장구친다. 그런 잡담이 오늘은 없었다. 순전히 길드에서 있었던 대화 때문이라고 생각하지만, 가도는 오가는 사람이 적어 발소리만 크게 들렸다.

"……."

"……."

"……야, 린."

"왜요."

"이 거리감의 이유를 듣고 싶은데……."

평상시에는 보폭 때문에 애송이가 걷는 속도를 조절하는데, 지금은 아씨가 황새걸음으로 쭉쭉 걸어가서 가끔 애송이가 종종걸음으로 쫓아가야 했다.

그렇게 거리가 좁아지면 또 아씨가 거리를 떨어뜨린다. 그 반복이었다.

슬슬 애송이도 지치나 보다. 무엇보다 합리성을 중요시하는 모험가라서 이런 비합리적인 상황은 가급적 빨리 해소하고 싶으리라.

"알았어, 네 기분이 안 좋은 이유를 들을게."

"말하지 않으면 몰라요?!"

아씨는 홱 돌아보면서 나를 던지― 크헥.

"어이쿠!"

바닥에 철퍽 부딪힌 나는 흩어지지 않고 튀었다.

"공복과 수면 부족 말고 네가 불쾌해지는 이유를 모르겠는데?!"

"그, 그거 말고도 이것저것 있어요! 저는 기분파니까!"

"그건 자랑스럽게 할 말이 아니잖아!"

그건 그렇다고 생각했는지, 아씨는 또 불퉁하게 인상을 썼다.

그런데 나도 불평 한마디는 할 권리가 있다고 생각하는데, 이미 아씨도 애송이도 나를 안중에 두지 않으니까 일단 상황을 볼까.

"적어도 저는 「위치 헌트」라는 녀석들에게 제법 험한 꼴을 당했다고요."

「마녀사냥」. 이름 그대로 마녀를 사냥하는 자.

아씨의 조상인 태초의 마녀, 린그린을 시작으로 마녀는 고대부터 이 세계에 존재해왔다.

인간이 지혜를 쌓아 체계화한 마법이 아니라, 시행착오를 거듭한 연금술도 아니라, 이 세계가 아닌 《이계》의 섭리를 이용해 인간 세계의 법칙을 바꾸는 자들이다.

보통 마녀는 그 힘을 사리사욕을 위해 행사하고, 희생을 꺼리지 않는 경우가 많다.

그도 그럴 것이 마녀의 힘은 **악마의 힘**이다. 그 권능을 휘두를 때는 제물이 필요하다.

거의 천 년 전 『마녀 전쟁』이 가져온 피해는 남방 대륙에 존재하던 열도가 소멸할 정도의 「대재해」였다.

……그 혼란의 와중에 몇 대 전 「마물을 부리는 아이」가 깊이 연관됐지만, 그건 일단 넘어가자.

아무튼 이런 이유로 특히 마녀 제거에 열을 올리는 집단이 **교회**다.

에리펠 양이 이름을 꺼낸 【카르분쿨루스】는 교회 직할 「위치 헌트」 전문 기관이자 수단과 방법을 가리지 않고 이 세계에서 마녀를 뿌리 뽑는 것을 목표로 한다.

그리고 마녀 퇴치는 위험한 일이라서 모험가에게 《퀘스트》로 들어오는 경우도, 드물지만 있다.

"……일단, 말하지 않아서 미안."

정말로 미안하게 생각하는 것 같았다. 애송이가 웬일로 난처한 기색이었다.

"내 출신은 알잖아…… 아…… 슬라임이."

여전히 애송이는 내 이름을 부르려고 하지 않았다. 인간을 인간이라고, 엘프를 엘프라고 부르는 격이지만, 이곳에 있는 슬라임은 나뿐이니까 어쩔 수 없이 답해 줬다.

『마녀의 정원이자 고대의 마녀 이스티라 본인의 이름이지.』

이름 뒤에 붙는 출신지명^{홈 네임}은 그 인물의 출신지나 정착한 마을 및 도시의 이름이다.

모험가는 대부분 여행자라서 필연적으로 고향 이름을 쓰게 된다.

마을과 도시의 이름은 보통 그곳을 개간한 자, 대장의 이름에서 딴다. 에스마라는 도시를 처음 만든 사람의 이름은 에스마였고, 테토나 양의 조상은 라이데아였다는 뜻이다.

하지만 이름의 원주인이 2천 년 이상 군림한 곳은 마녀의 정원 외에 존재하지 않는다.

애송이의 얼굴이 점점 일그러지는 것은 그 이름이 좋지 않은 기억과 연결됐기 때문이리라.

"나는 운 좋게 그곳에서 빠져나왔지만…… 나는 마녀가 싫어."

그 감정이 우여곡절을 거쳐 「위치 헌트」로 이어졌다는 건 오히려 자연스러운 귀결이라고 할 수 있겠다.

"우연히 마녀를 해치울 기회가 있었어…… 내가 단독 행동을 하던 때 이야기지만. 그런 짓을 몇 번 하다 보니까 길드에서 지명 의뢰를 받게 됐지."

마녀를 처치한 경험은 모험가 중에서도 거의 없으며, 길드는 모험가에게 적합한 일을 알선하는 조직이니까 그건 필연이었을 것이다.

"딱히 마녀사냥이 메인은 아니지만, 알기 쉬운 이름이었겠지."

"그럼 왜 저를 따라오려고 했어요?"

"네가 따라갈 수밖에 없는 상황을 만들어서 그렇다만……?"

아씨가 애송이에게 건 조건은 상황을 생각하면 협박에 가까웠지만, 본인은 까맣게 잊었나 보다……라고 생각했는데.

"그야 무슨 수단을 써서라도 하크라를 데리고 갈 생각이긴 했지만요."

"야."

본인도 알고는 있었나 보다.

"그래도 다른 방법은 있었잖아요. 예금을 깨거나 돈을 빌리거나. 하크라는 B급 모험가니까 《스피어》를 담보로 해도 되고요."

아씨 말대로 모험가에게는 심사를 통과하면 실적에 따라서 일정 금액을 빌릴 수 있는 시스템이 있다. 물론 신용이 전제되지만, 애송이의 경우 정상참작의 여지가 있으니까 장비를 다시 맞추고 동료를 쫓아갈 수도 있었을 것이다.

수십 초, 애송이는 말이 없었다. 성격 급한 아씨도 말을 고른다는 걸 아는지 대답을 기다렸다.

"……신경 쓰였어."

"네? 제 미모가요?"

"너의 그 밑도 끝도 없는 자신감은 어디서 나오는 거야?"

"귀여운 얼굴과 커다란 가슴과 예쁜 눈동자요."

오오, 애송이가 할 말을 잃었다. 이 정도 자존감은 린그린의 아이들에겐 표준 장비다.

"……그게 아니라, 내가 아는 태초의 마녀 이야기에는 이렇게 쓰여 있어. 세계에서 유일하게 선량한 마녀였다고."

"네, 맞는데요?"

"더 할 말은 없냐, 너……."

정말로 많은 말을 삼킨 것처럼 애송이는 한 번 크게 숨을 내쉬었다.

"……정말로 선량한 마녀가 있다면 보고 싶다고 생각했어. 적어도 내가 본 마녀는 하나같이 자기 목적을 위해서라면 뭐든 용납된다고 생각하는— 쓰레기였어."

"……하크라 기준에서 선량함은 뭐죠?"

아씨는 딱히 자기를 선량한 인간이라고 생각하지 않아서 살짝 방어적으로 묻지만.

"글쎄."

애송이는 구태여 아씨에게서 얼굴을 돌리고 입가를 막으며 말했다.

"귀찮고 수지도 안 맞는 《퀘스트》를 받아서 코볼트를 구하려는 인간 아니냐."

"뭐, 뭐예요!"

아씨가 다리를 걷어차고 애송이는 그것을 유연하게 피했다. 이

것으로 1승 2패다.

"그런 이유라면 하크라도…….'

"뭐?"

"……아무것도 아니네요~."

나를 들고 삐져서 걸어가는 아씨 뒤로 이번에도 애송이가 따라
왔다.

하지만 그 걸음걸이는 방금처럼 거칠지 않았고, 결국 거의 나란
히 걷게 됐다.

"다른 이유는, 그 녀석들과 합류할 때까지 호위한다는 계약 때
문이지. 나도 모험가야. 한 번 약속한 계약은 지켜."

"당연하죠. 계약은 무엇보다 중요하니까요."

그것은 모험가도 마녀도 마물을 부리는 아이에게도 똑같이 적
용되는 이 세상의 중요한 규칙이었다.

▽

"금방 돌아올게. 이르면 내일 낮에라도."

아렌은 그렇게 말했지만, 역시 배웅하는 입장에서는 걱정이 앞
섰다. 무엇보다 그가 옆에 없다는 외로움만은 어쩔 수가 없었다.

"아니면 같이 갈래? 말에 두 명은 탈 수 있어."

"그만큼 말이 빨리 지치고, 만약 대처할 성직자를 찾지 못하면
며칠은 머물러야 해. 한 사람이 늘어나면 돈도 두 배로 들잖아?"

물론 본심을 말하면 같이 가고 싶다. 기왕이면 성직자도 못 찾는 편이 낫다. 그 구실로 며칠이든 머무르고 싶다.

　하지만 그러면 사실이 어떻든 마을의 위기에 편승해 둘이서 도시에서 놀고 왔다고 생각할지 모른다. 이 마을에서 우리가 설 자리를 잃게 된다.

　아렌은 원래 모험가였다. 에스마와 레스톤 왕복은 몇 번이고 해봤다. 도시에는 인맥도 있고, 길드 이용법이나 매너도 잘 안다. 그렇게 생각하면 가장 적절한 인선이란 건 알지만……

　아니, 시기가 시기인 만큼 내가 필요 이상으로 불안해하는 건지도 모르겠다.

　"나는 마을이 더 걱정이야. 「놈」이 한 마리뿐이라면 다행인데."

　"그래도 흐르는 강은 넘을 수 없지?"

　"그래. 그러니까 마을 밖으로 나오지 않으면 괜찮아. 어지간한 일이 아닌 한 다리를 내리지 말라고 촌장님께 말해 뒀어."

　레스톤은 강에 둘러싸인 마을로, 도개교를 내리지 않으면 마을로 들어오기 어렵다.

　수영을 잘하는 사람이라면 헤엄쳐서 건널 수 있는 깊이와 유속이지만, 흐르는 물을 건널 수 없는 「놈」은 설령 마을 코앞까지 와도 들어올 수 없다는 것이 다양한 마물을 상대했던 숙련된 모험가 아렌의 의견이었다.

　아렌이 그렇게 말한다면 내가 할 수 있는 일은 그걸 믿는 것뿐이다.

"아렌, 숙여봐."

"……?"

"그냥 해봐."

의문스럽게 생각하면서도 아렌은 아무것도 묻지 않고 무릎을 굽혔다.

나는 그 목에 목걸이를 걸어주고 입술과 입술을 살포시 맞추었다.

"……외로움 많이 타네."

"당신이 그렇게 만든 거야."

레스톤에서 가죽 세공 목걸이는 여행길의 안전을 기원할 때 선물한다.

손가락 끝으로 내가 만든 목걸이를 훑으며 아렌은 부드럽게 미소 지었다.

"그럼 다녀올게, 클라우나."

"다녀와. 빨리 돌아와야 해, 아렌."

◆

에스마와 레스톤 사이에는 제법 넓은 숲이 있었다.

가도는 그곳을 피해 크게 돌아가지만, 우리 《퀘스트》는 이 주변에 나오는 리빙 데드 조사와 퇴치, 그리고 레스톤의 안전 확인이었다.

말 한 마리도 달리기 벅찬데 숲을 달리는 마차가 있을 리 만무했고, 결국 걸어서 직선거리를 가로지르기로 했다. 모험가의 다리로 걸으면 꼬박 하루 정도는 걸릴 듯했다.

"이봐, 린."

"우음?"

풀이 꽤 웃자랐지만, 길도 나 있는 숲을 걸으며 점심용으로 에스마에서 조달한 샌드위치를 버릇없게 입안 가득 욱여넣은 린은 볼을 부풀린 채로 고개를 갸웃거렸다.

"에어, 아브허에여."
<small>왜요　　안 줄 거예요</small>

"안 뺏어가니까 먹고 말해, 먹고."

"우읍…… 꿀꺽, 그럼 먹을 때 말을 걸지 마세요!"

"그건 내가 미안한데……."

"잘못을 인정한다면 태도로 성의를 보여야 하지 않나요?"

이름 한 번 불렀다고 죽도록 물고 늘어진다. 내 샌드위치를 하나 떠넘기다시피 건네자 에헤헤 웃으며 그 포장을 풀었다.

"아무튼, 리빙 데드가 나온 게 마녀의 소행일 가능성은 없어?"

또 먹기 시작하면 이야기가 진행되지 않으므로 입에 넣기 전에 질문했다.

"마녀요? 왜 갑자기?"

"마녀라면 스켈레톤 사역쯤은 간단하잖아."

실제로 내가 싸운 마녀는 무덤에서 일으킨 해골을 사역했었다.

"그러니까 리빙 데드도 가능하지 않냐……라는 말이에요? 으음."

린은 잠시 고민하는 모습을 보였다. 그러면서 샌드위치를 먹기 시작하여 나도 일단 남은 샌드위치를 먹기로 했다.

네모난 빵을 굽고 얇은 치즈와 짠 햄을 끼운 샌드위치는 여행 도중의 점심으로는 호화롭기 그지없는 음식이었다.

린은 씀씀이가 헤프지만, 특히 먹을 것에 돈을 아끼지 않는다는 사실을 이 짧은 만남 속에서 배웠다. 내 밥값도 린의 지갑에서 나오니까 딱히 불만은 없지만. 설령 이미 하나 빼앗겼다고 해도.

"하크라는…… 우물, 리빙 데드와 싸운 적이…… 꿀꺽, 있나요?"

내가 준 샌드위치까지 거침없이 먹어 치운 린이 되물어 솔직하게 대답했다.

"동물 리빙 데드는 몇 번 있어. 인간형은 이야기로만 들었지."

"흠흠, 그때는 어떻게 대처했죠?"

"목을 자르고 머리를 박살내니까 움직이지 않길래 그대로 뒀—아차!"

린의 로우킥이 내 다리를 노렸고, 간발의 차로 피했다. 이것으로 오늘만 네 번째다.

"피하지 마세요!"

"은근히 아파서 싫다고, 네 발차기!"

"발가락 앞과 밑창에 얇은 철판이 있거든요."

"흉기잖아, 인마."

장비의 어디에 돈을 들일지는 항상 논쟁의 대상이지만, 걸으면서 여행한다면 일단 신발은 타협하지 않는 편이 좋다고 누군가에게 들었었지.

"하크라가 한 건 리빙 데드를 처리할 때 가장 하면 안 되는 방법이에요! 잘못하면 큰일이 벌어진다고요."

"네가 연관되면 무슨 일이든 큰일이 벌어질 것 같은데……."

"진지한 이야기예요!"

"나도 진지하게 한 소리야……."

애초에 질문을 질문으로 받아쳐서 살짝 화가 나려는데, 린이 검지를 꼿꼿이 세웠다.

"마녀라면 언데드…… 이건 편견에 가까워요. 그리고 리빙 데드와 스켈레톤도 전혀 다른 마물이에요."

"그래?"

시체가 움직인다는 점에서 그게 그거라고 생각했다.

그래서 【죽음을 잊은 자^{언데드}】라고 불리는 거고.

"그럼 잠깐 차이를 설명할까요? 리빙 데드란 엄밀하게 말하면 움직이는 시체가 아니에요. 시체를 움직이는 **균**이죠."

쉽게 말해, 라며 린은 그 자리에 쭈그려 앉아 나무 아래에서 뭔가를 집어 들었다.

"보행 버섯^{마이코니드}의 친척이에요."

가느다란 손가락 끝에 있는 그것은 어디서나 쉽게 볼 수 있는, 두꺼운 갓이 달린— **버섯**이었다.

"……마이코니드?"

마소가 꽤 짙은 이런 숲이나 던전 아래층에 서식하는 걸어 다니는 버섯이다. 보통 모험가라면 적지 않게 만난 적 있는 마물일 것이다.

직접 공격해오지는 않지만, 독 포자를 뿌려서 대책을 똑바로 세우지 않으면 호된 꼴을 당한다. 한 마리일 때는 해독제^{안티도트}만 마시면 되지만, 다른 마물과 함께 나타나는 게 문제다.

그나저나 리빙 데드와 전혀 이미지가 겹치지 않았다. 아니, 축축한 곳에서 자주 나온다는 공통점이 있나.

"버섯은 균사류, 엄청나게 대충 설명하면 곰팡이의 친척이에요. 리빙 데드는 그중에서도 동충하초 같은 기생 버섯의 한 종류죠. 동충하초는 뭔지 알아요?"

"가끔 《퀘스트》에서 조달하라고 하던데…… 그거지? 벌레에 자라는 버섯."

"맞아요. 동충하초가 벌레에 기생하듯 리빙 데드는 시체의 뇌에 기생해요. 이건 인간이든 동물이든 마물이든, 뭐든 상관없어요. 뇌로 퍼진 균사는 그대로 신경을 조종해서 육체 반응을 제어하고 몸을 차지하는 거예요. 즉, **시체가 움직이게** 되는 거죠."

마물이란 **그냥 그런 것**이라고만 생각해서 왜 움직이는지 일일이 생각한 적도 없었다.

"그리고 균사는 뇌에서 혈관을 통해 근육, 내장으로…… 점점 퍼지며 번식을 계속해요. 그 영향으로 몸이 급속도로 부패해서 살점이 녹고 눈알이 흘러나오고 피부가 문드러지고……."

"그게 우리가 아는 살아있는 시체인가?"

"그렇죠. 그리고 리빙 데드도 생물이니까 당연히 번식을 시도해요. 즉, 새로운 시체를 만들어서 거기에 번식한 균사를 심는 거예요. 습도가 높은 곳을 좋아하거나 본능적으로 고기를 먹으려고 하거나…… 이건 숙주의 신진대사가 멈춘 탓에 별 의미는 없지만요."

"아, 그래서 물어뜯거나 할퀴는 건가."

"맞아요. 본능적인 공격 수단을 사용하죠. 버섯이라서 건조하거나 고온에 약하고 시체 외에는 기생할 수 없으니까 공격당해서 균사가 옮아도 사후 처리만 잘하면 문제없어요. 그리고 근육을 제어해서 움직이니까 물리적으로 움직이지 못할 때까지 훼손시키면 썩어서 사라질 뿐이죠. ……그 단계에서는 균사가 겉으로 나와서 포자를 뿌리니까 운 좋게 다른 시체에 붙으면 거기서 또 퍼져 나가요."

"으음, 그러니까 내 리빙 데드 처리 방법은……."

"머리를 잘라서 두개골을 깨도 균사는 멀쩡하게 살아있으니까 조건만 갖춰지면 거기서도 번식할 수 있어요. 그래서 간단한 대처법은 확실하게 태우는 거예요."

"……그럼 교회의 방식은 옳지 않아?"

출발하기 전 길드에서는 교회에 대한 비판이 상당히 거세지 않았던가.

"리빙 데드가 한 마리 나왔다고 마을째로 불태우는 건 너무했죠. 그렇게까지 할 필요가 없다니까요!"

"그렇습니까."

마물 지식 이야기에 흥이 올랐는지, 린이 손가락을 빙글빙글 돌렸다.

"재미있는 특징으로는 무리 단위라면 떨어져 있어도 정보 공유가 가능하고……."

내가 꺼낸 화제라서 관심이 없진 않고, 지루한 이동 시간의 심심풀이로는 의외로 괜찮다고 느끼는 내가 있었다.

그 뒤로도 리빙 데드에 관한 잡학을 소개했지만, 곧 화제는 다음 마물로 넘어갔다.

"……그리고 하크라가 아까 말한 스켈레톤은 분류상 골렘의 친척이에요."

"……골렘?"

마이코니드 때와 같은 반응을 하고 말았다.

내가 생각하는 석병(골렘)은 이름 그대로 단단한 돌로 된 거인이었다. 대부분 던전 안에서 보물 상자나 문을 지키며, 강하고 튼튼한 데다가 핵을 파괴하거나 물리적으로 움직이지 못하게 막지 않으면 멈추지 않는다.

연금술사가 만들기는 했으나, 제어할 수 없어서 야생에 풀렸다고도 전해지는데, 뭐가 됐건 공통점은─.

"그럼 뭐야? 스켈레톤은…… 인공물이야?"

"뼈는 생물의 것이니까 인공물은 아니라고 생각해요. 요약하면 생물의 골격을 그대로 가져다 쓴 염가형 골렘이죠. 제어할 핵을 어딘가에 심고 움직임을 명령하면 그대로 움직여요. 그래서 리빙 데드와 달리 생전의 기억은 이용하지 못하고요. 뇌를 쓰지 않으니까."

"아, 아니, 그래도 때때로 무덤에서 스켈레톤이 튀어나올 때가 있잖아?"

"음…… 이건 아주아주 먼 옛날이야기인데…… 옛날 괴짜 마도사가 노예를 대량 동원해서 던전을 만들잖아요?"

"응."

"무사히 완성하면 생매장하잖아요?"

"으, 응."

"그 단계에서 체내에 핵을 심어두면, 죽어서 살이 떨어지고 뼈만 남았을 때 움직여요."

"으응……."

"던전을 배회하면서 침입자를 죽여라, 같은 명령을 받은 스켈레톤이 어슬렁거리다가 우연히 밖으로 나오기도 해요. 그리고 고대의 우수한 연금술사나 마녀가 만든 스켈레톤 중에는 핵을 복제해서 다른 유골에 심어서 증식하는 경우도 있고요. 이런 야생 스켈레톤은 사실 의외로 많아요."

그럼 우리는 옛날 연금술사들 때문에 스켈레톤과 싸우고 있는 건가.

"레이스쯤 되면 사정이 좀 특수해요. 죽은 자의 사념이 마소와 연결되어 의식만 독립한 상태죠. 이게 해골에 빙의하면 총인이(와이트)라는 또 다른 마물이 되는데 이게 제법 성가셔요. 재수가 없으면 마법까지 써서……. 겉모습은 스켈레톤과 구별되지 않으니까 꼭 주의하세요."

여기까지 오면 린의 해설은 멈추지 않는다. 멈추지 않지만, 일단 궁금한 점을 물어봤다.

"……그런데 네 힘, 골렘한테도 통하냐?"

마물을 정의하는 기준에 따라 다르겠지만, 린의 말이 맞다면 골렘이나 스켈레톤은 애초에 생물조차 아니라는 뜻이었다.

"네. **모든 마물은 저를 따라요.**"

린은 주저 없이 단언했다.

"원래 이야기로 돌아가서…… 언데드의 공통점은 『죽은 자를 어둠 속성에 치우친 마소로 움직인다』는 점이에요. 리빙 데드도 스켈레톤 핵도, 레이스도 와이트도 예외 없이. 그래서 어둠을 거두는 《정화 마법》이 공통적으로 약점이니까 교회에서 보면 다 그게 그거 같겠죠."

감각적인 분류법이 있고 대처법도 똑같다면 그럴 만도 한가.

교회의 말을 빌리자면 여신님이 내린 기적이 악한 것을 평등하게 물리치는 것이다.

"그래서 리빙 데드가 나왔으니까 마녀가 있다, 라는 건 성급한 판단이라고 생각해요. 물론 가능성이 없진 않지만."

린이 이토록 장광설을 푼 것은 나의 사소한 의문을 해소하기 위해서였다.

"……그래? 그럼 됐어."

이 감정을 안도라고 불러도 될지 모르겠지만, 일단 심호흡하고 사고를 전환했다.

이제는 《퀘스트》를 무사히 달성하는 데 집중할 때다. 나는 길드에서 받은 지도를 펼쳤다.

"아…… 군데군데 우회로가 있군."

기복이 심하고 좁은 강이나 계류가 많았다. 뛰어넘을 수 있는 폭이라면 문제없지만, 짐이 젖을 것 같다면 우회할 필요도 있겠다.

"그리고 레스톤은 여기인가."

지도 왼쪽 끝에 그 마을의 이름이 적혀 있었다. 무엇보다 큰 특징은…….

"강이 깔끔하게 감싸고 있네요. 앗, 아오. 레스톤은 맛있는 게 있나요?"

『아마 소가죽 가공품으로 유명한 마을이었지. 그래서 소고기 요리도 많다. 축하할 일이 있으면 송아지 통구이를 내놓는 관례가 있지.』

"오늘 중으로 레스톤에 도착해야 해요, 하크라!"

"이야기에서 탈선하지 마!"

"츄릅."

"뭐냐고."

조금 전의 지성 넘치던 해설자는 어디로 갔는지, 주체하지 못할 식욕만이 남아 있었다.

"어쨌든— 강에 둘러싸였다면 리빙 데드는 **못 들어가니까** 일단 마을 자체는 안전하려나."

내 중얼거림에 린은 커다란 눈을 더 동그랗게 떴다.

"네? 왜요?"

"왜냐니, 리빙 데드는 **강을 못 건너**잖아?"

내게는 「상식」이지만, 린은 금시초문이라는 반응이었다.

"음, 음, 그야 성수에는 약하지만, 단순한 물에는 약하지 않아요. 방금도 말했다시피 버섯 종류라서 오히려 습도가 있는 환경을 좋아해요. 심지어 생선 리빙 데드도 있는걸요."

"……그래?"

"물 위를 건널 수 없는 건 흡혈귀^{뱀파이어} 귀족이나 최상위 언데드지만, 그들은 암흑 대륙^{케이오스 번}에서 나오지 않으니……. 그것도 바다를 넘을 수 없기 때문이지만요."

"그래도 모험가 사이에서는 공통 인식이야. 실제로 강을 뛰어넘어서 뿌리친 적도 있어."

린은 지팡이를 들지 않은 손을 턱에 대고 잠시 걸음을 멈춰 생각했다.

"으음, 지역에 따라서 마물의 생태가 다른 경우는 물론 있어요. 하지만 리빙 데드는 그런 종류의 마물이 아니니까 다른 가능성이 있다면……."

"있다면?"

"……으음, 아뇨, 아무것도 아니에요. 역시 뭔가 오해가 있는 것 같은데……."

결국 린은 시원하게 대답해주지 않았지만, 어차피 해야 할 일은 변함이 없었다.

"뭐, 어쨌든 마을에 가면 확실해지겠지."

▽

오늘도 「놈」이 마을 근처를 어슬렁거린다.

"후……."

강을 건너지 못하는 「놈」이 우리에게 해를 끼칠 수 있을 리 없지만, 그래도 기분이 좋지 않고 무엇보다 비위가 상한다.

한 번은 남자들이 견디다 못해 활을 쏜 적이 있는데, 거의 맞히지도 못했다. 그러면 일단 뒤로 빠지지만, 얼마 지나지 않아서 또 얼굴을 내민다.

마치 우리를 관찰하는 것 같지 않은가.

물론 「놈」에게 그럴 지능이 있을 리 없지만.

내일 마실 물까지 길어둘까, 아니면 집으로 돌아가서 바느질이라도 할까.

그렇게 생각하던 때, 누가 뒤에서 말을 걸었다.

"실례합니다, 잠깐 괜찮을까요?"

"네……? 꺅, 아, 우와!"

돌아본 내가 놀란 데에는 몇 가지 이유가 있었다.

하지만 가장 먼저 내 눈길을 끈 것은 앞에 있는 소녀의 너무나도 눈부신 눈동자였다.

"처음 뵙겠습니다. 안녕하세요?"

소녀는 정중하게 치맛자락을 집어 우아하게 커트시를 했다. 변방 마을에는 어울리지 않는 화사한 금발과 귀족 아가씨 같은 외투는 시골 풍경에 전혀 녹아들지 못했다.

지금 레스톤은 「놈」 때문에 주의깊게 경계 태세를 유지하고 있었다. 밖에서 사람이 들어올 수도, 안에서 밖으로 나갈 수도 없었다. 그러니까 마을에 이렇게 눈에 띄는 모르는 사람이 있을 리 없었다.

만약 예외가 있다면…….

나는 기대를 담아 소녀의 오른손을 봤다. 내 시선을 알아차렸는지, 소녀는 손등을 돌려 보여줬다.

타원형의 아름다운 녹색 보석이 박혀 있었다. 아렌과 같았다. 그렇다면.

내가 확신을 품은 동시에 소녀는 이름을 밝혔다. 이 근처에서는 들은 적도 없는 희귀한 이름이었다.

"그, 뭐라고 불러야…… 티—."

"아는 사람들은 보통 린이라고 불러요. 그렇게 불러주시면 고맙겠어요."

나보다 머리 하나만큼 작은 소녀는 부드럽게 웃으며 그렇게 말했다.

…….

내가 이를 악물고 양손으로 들고 옮기는 물통을 린은 한 손에 하나씩 가뿐하게 들어 집까지 옮겨줬다. 나 같은 시골 여자와는 비교가 되지 않는 완력이었다. 역시 모험가.

"촌장님은 당신에게 이야기를 들으라고 말씀하셨어요."

집에 도착해 차를 내오자마자 들은 이야기가 그거였다. 나는 당황해서 물었다.

"응? 왜 나한테? 그리고…… 길드에 《퀘스트》를 내러 간 사람이 있지 않았니?"

그녀가 레스톤에 있다는 것은 에스마에 의뢰가 전해졌다는 뜻이다. 하지만 그러면 아렌도 돌아왔을 것이다. 원래대로라면, 가장 먼저 이곳으로.

"네, 저보다 늦게 출발해서 오고 있어요. 길드에서 들어야 할 이야기가 있어서 제가 먼저 상황을 확인하러 온 거예요. 음, 그러니까 내일 점심에는 도착하지 않을까요?"

"그……래."

급해졌던 마음에 찬물을 뒤집어쓴 기분이다……. 하지만 아렌이 아무 사고 없이 에스마에 도착했다고 하여 한시름 놨다.

"약혼자시죠?"

"크흡."

일단 진정하려고 차를 입에 머금었을 때 그렇게 물었다. 린은 굉장히 심술궂은 미소를 지었다.

"들었어요. 당신과 결혼하려고 모험가를 그만두고 레스톤으로 이주했다고요?"

"그, 그만해. 어떡해, 아렌이…… 그런."

그런 이야기까지 다 떠벌리고 다녔나, 라는 당혹스러움과 쑥스러움, 그 사실을 남이 긍정해 주는 기쁨. 뒤죽박죽이 된 감정으로 볼이 열이 오르는 것이 느껴졌다.

"……레스톤에서는 외지인을 마을에 받아들일 때 규칙이 있어."

"규칙."

"응. 이 마을은 소가죽 가공품이 특산품이야. 그중에서도 남자는 특히 장갑을 만들 수 있어야 비로소 인정받아. 마을 직공이 인정하는 물건을 처음부터 만들어낼 수 있을 때까지는 마을의 일원으로 받아주지 않고, 결혼도, 허락해주지 않아."

"하…… 응? 그럼 지금은 어떻게 지내세요?"

"아렌은 마을의 은인이어서 수행할 기회와 약혼 허가를 받았어."

"좋네요, 러브 로맨스네요~. 어디서 만났는지도 캐내고 싶네요~."

"그, 그만해, 부끄럽게……. 너야말로 그런 사람 없어? 모험가는 남자가 많다고 들었는데."

"전혀, 아예, 하나도요, 제로에 전무에 허무예요. 원래 모험가는 연애 대상으로 고르면 안 될 생물 1순위예요."

"……저, 저기, 아렌도 모험가, 였는데……."

"전직이니까 해당 안 돼요. 참고로 여성일 경우에도 뭔가 조건이 있나요?"

"으, 응…… 여자라면 신발을 만들어. 내가 신은 것 같은."

절벽절벽. 뒤꿈치로 바닥을 찍자 린은 한 번 더 하…… 하고 숨을 내쉬었다. 버릇일까.

아무튼…… 비슷한 나이대의 여성이 마을에 적어서 그만 대화에 열을 올리고 말았지만, 본론은 그게 아니었다.

"그래서 그「놈」말인데……."

창문으로 힐끔 밖을 보자 모습이 보였다.

더럽고 살점이 떨어진, 부패한 괴물.

"모험가라면 퇴치할 수 있을까……."

불안을 숨기지 못하는 나에게 린은 대수롭지 않게 고개를 끄덕였다.

"물론이죠. 그러려고 레스톤까지 왔는걸요, 걸어서."

"정말? 그럼 다행이다……."

「놈」이 나타나고 갑갑해진 생활을 생각하면 그것은 복음이 따로 없었다. 드디어 이 나날에서 해방된다.

걸어서라는 부분에 뭔가 다른 뜻이 있다는 느낌을 받았지만…….

"다만…… 준비가 될 때까지 조금 시간이 걸려요. 그러니까 시간을 때울 겸 마을을 안내해 주실 수 없을까요?"

"응. 그 정도라면 얼마든지."

촌장님이 우리 집으로 린을 안내한 이유를 이제야 알겠다.

지루한 모험가가 엉뚱한 짓을 하지 않게 뒷바라지를 해달라는 의도겠지. 그저 귀찮은 일을 떠넘겼다……라고 보기보다 비슷한 나이대의 여자애끼리 이야기를 나눠 보라는 배려일지도 모르지만.

나 자신이 불쾌하지 않았다. 기분 전환도 되고, 이 소녀도 만난 지 얼마 되지 않았지만 호감을 느꼈다. 왠지 몰라도 눈을 마주 보면 굉장히 기분이 진정됐다.

"아, 특산품은 소고기라고 들었어요!"

"가죽이야, 소가죽."

눈빛을 빛내는 그녀가 우스워서 나는 그만 웃음을 터뜨렸다.

······.

"들었어? 얼마 전에 라이데아에서 사람이 잡아먹혔대!"

"무서워라. 우리 마을 근처에도 가끔 오던데, 코볼트."

"그냥 소문이지. 그보다도······."

언제 봐도 그녀들은 시끌벅적했다. 화제가 정신없이 바뀌어 대화는 끝날 기미가 보이지 않았다.

"안녕하세요."

"어머, 클라우나. 잘 잤니?"

"오늘도 예쁘네. 젊기도 해라."

"부러워~."

부인들과 인사를 나눈 뒤, 나는 바로 옆에 있는 린을 가리켰다.

"이분은 모험가 린 씨예요. 「놈」을 퇴치하러 와주셨어요."

"안녕하세요, 처음 뵈어요."

우아하게 치마를 집고 인사한다. 정말 잘 어울리는 동작이었다.

단순한 시골 여자인 내가 흉내 내도 이렇게는 되지 않는다.

하지만 부인들은 린을 언뜻 보고는 한순간 표정이 굳었다. 그리고 금방 시선을 돌려 내게 말을 걸었다.

"늘 고생이 많아. 그래도 이제 얼마 안 남았지?"

"아렌만 돌아오면 돼."

"우리 남편이 그러더라, 소질이 좋다고! 이제 정말 금방이야!"

"아, 네. 고맙습니다."

그래도 젊은 나는 부인들의 그런 태도를 지적할 수 없었다.

이야기를 맞추다가 인사한 뒤, 린의 손을 잡고 그곳을 떠났다.

"미안. 다들 좀 예민한가 봐."

"아뇨아뇨, 전혀 신경 안 써요. 모험가한테는 자주 있는 일이에요."

"……그래? 자주 있어?"

"모험가는 기본적으로 이분자니까요."

자신을 그렇게 비하한다. 나와 나이도 크게 떨어지지 않았을 소녀는 그렇게 말하며 웃었다.

"그게…… 아, 저게 목장이야. 별로 넓진 않지만."

마을의 공동 자산인 목장은 레스톤 산업의 핵심이었다.

마을 면적의 절반을 쓴 이 목장에서 마을의 모든 소를 키우고, 필요하면 생활의 기반으로 이용한다. 소 돌보기는 모두 여자들의 일이었다.

부오오오오오오……

그때, 소 한 마리가 높은 소리로 울었다.

"어머, 벌써 시간이 이렇게…… 사료 줘야겠어."

"지금 울음소리는 밥을 달라는 건가요?"

"맞아. 배가 고프면 저렇게 울어. 조금만 기다려줄래?"

소 돌보기는 당번이 정해져 있지만, 깨닫고 아무것도 하지 않는 것도 마음이 찜찜했다. 울타리를 넘어서 빠르게 소 사료를 확인했다. 하지만 사료통에는 마른 곡물이 산더미처럼 쌓여있고 입을 댄 흔적이 없었다.

"어라……? 왜 이러지."

부오오오오오오……

의문스럽게 생각하는 동안에도 소들은 울음을 멈추지 않았다.

"편식, 일 리는 없겠지. 으응……?"

소의 건강 상태는 마을 경제에 직결하는 문제지만, 가볍게 검진 해봐도 딱히 눈에 띄는 문제는 없었다.

"클라우나 씨~, 괜찮으세요~?"

울타리 너머에서 린이 외쳤다.

부오오오오오오……

부오오오오오오…….

부오오오오오오…….

그때였다. 서른 마리 가까운 소들이 일제히 소리를 맞춰 울어댔다.

"어?"

지금까지 한 번도 이런 적이 없어서 당황했다.

소들은 몸을 여러 번 비틀더니 천천히 린을 향해 이동했다.

부오오오오오오…….

부오오오오오오…….

부오오오오오오…….

"꺄, 자, 잠깐!"

레스톤의 소는 온순하다. 어지간한 일이 없으면 흥분하거나 날뛰지 않는 얌전한 품종이다. 그런데 지금 저들은 분명히 뭔가를 바라고 있었다. 사료가 입에 맞지 않아서 울타리 밖으로 가고 싶은 건가? 나는 판단이 서지 않았다.

일단 저 많은 소가 몰려가면 모험가라도 위험하지 않을까. 그렇게 생각해 나는 소리쳤다.

"린! 조금 떨어져! 위험해!"

하지만 그녀는 싱긋 미소 지으며 다가오는 소들에게 오른손을 내밀며……

"어허, 떽!"

아이를 꾸짖듯 말했다.

부오오오오오오······.

설마, 라고 생각했는데, 정말로 그 설마가 일어났다.

소들은 일제히 멈추고 그 자리에 앉아 움직이지 않았다.

"너, 너, 소몰이라도 했었어?"

놀라서 달려온 나에게 린은 의기양양하게 가슴을 내밀었다.

"네, 비슷한 일을 조금 배웠죠. 마물에 비하면 동물은 알기 쉬워
요."

"와······ 역시 모험가는 대단하네. 나랑 나이도 비슷해 보이는
데······."

"그만큼 제가 못 하는 일을 클라우나 씨가 할 수 있으니까 비긴
거예요."

그 말을 듣고 왠지, 나는 양심의 가책을 느꼈다.

"아니야. 나, 마을에서는 덜떨어진 애야."

"엥, 그래요?"

"응. 신발을 만들 때도 아슬아슬하게 합격했고······. 어릴 적부
터 동갑 친구가 엄청나게 실력이 좋아서 항상 비교당했어. 「못난
이 클라우나」라는 말을 자주 들었지."

"우, 저는 태어날 때부터 천재 겸 미소녀여서 뭐라고 말하기 어

렵네요……."

"너는, 앞뒤가 전혀 없구나."

린은 사랑스러운 얼굴이었다. 손은 갈라지지도 않고 거스러미도 없었다. 머리카락도 길고 찰랑거렸다. 마을에서 이렇게 머리를 기르면 진흙과 먼지를 뒤집어써서 뻣뻣하고 거칠어진다.

그런 소녀가 이런 말을 해도 별로 불쾌하지 않은 것은 어떤 종류의 재능이지 않을까. 그것도 포함해서, 뭐라고 할까.

사는 세계가 다르다고, 나는 생각했다.

"참고로 그 친구는 어디 계시죠?"

"너무 우수해서 마을을 떠났어. 벌써 5년은 못 만났을 거야."

"가끔 고향으로 돌아오지 않나요?"

"의절당했어. 마을을 떠난다니 가당키나 하냐면서, 부모님도 촌장님도 펄쩍펄쩍 뛰셨지."

"으엑……."

어떤 마을이라도 자기들의 문화와 풍습은 소중히 하겠지만, 레스톤은 그런 기풍이 한층 더 강했다.

나는 이 마을에서 나고 자랐으니까 어른들이 하는 말이 맞겠거니 생각했는데…… 그 애는 머리가 굉장히 좋았으니까 그렇게 생각하지 못했을 것이다.

"달에 한 번은 편지를 주고받아. 정기적으로 오는 캐러밴이 있어서."

"아, 연락은 하고 계셨나요."

"응. 촌장님이나 어르신들은 탐탁지 않게 보지만……. 노인들은 너무 고지식해."

"그런데 용케 아렌 씨와의 결혼을 허락해주셨네요."

"맞아. 정말로 기적이라고 생각해."

"역시 그거인가요? 첫 만남이 좋았어요?"

"응, 그럴지도. 처음 만난 건 아렌이 《퀘스트》로 레스톤에…… 어."

린의 얼굴을 봤다. 히죽히죽 웃고 있다. 어느샌가 화제가 나와 아렌의 만남 이야기로 변해있었다.

"……계속 해야해?"

"모험가는 메마른 직업이라서 가끔 이렇게 연애담을 섭취하지 않으면 죽어요."

"그런 습성은 아렌한테 못 들었어."

농담에 그만 웃고 말았다.

소들은 어느새 눈을 감고 미동도 하지 않고 있었다.

호흡 소리조차 들리지 않는다. 참 조용하다.

…….

아렌은 4년 전 『소 먹는 쌍두견(오르트로스)』을 해치우러 에스마에서 온 모험가였어.

무리에서 떨어진 오르트로스가 목장 소를 물어가는 사건이 발생해서 길드에 의뢰를 냈더니 그가 온 거야…….

처음에는 다들 『뭐야, 이 여리여리한 남자는』이라고 생각했어.
선이 가늘고 키도 그다지 크지 않고…… 무기도 엄청 가늘었고.
이럴 거면 고깃집 도른 아저씨에게 맡기는 게 낫지 않냐고 다들
생각할 정도였어. 고깃집 식칼이 몇 배는 무섭게 생겼으니까.

레스톤 같은 마을에서 쭉 살면 모험가가 싸우는 모습을 직접 볼
기회가 거의 없으니까 어떻게 보면 당연한 반응이었을지도 몰라.

나는 그날 소에게 사료를 주는 당번이었어.

맞아. 소 돌보기는 당번이 돌아가면서 맡거든. 그때는 귀찮네,
땡땡이 칠까, 라고 고민했는데 그러면 그 사람을 못 만났을 테니
까 제대로 일해서 다행이야.

……아, 미안.

아무튼 오르트로스가 나온다는 건 당연히 알았으니까 빨리 일
을 마치고 집으로 돌아가려고 했어.

그래서 외양간에 들어갔더니 마물과 마주친 거지.

내가 비명을 지르니까 자극받았는지 달려들었어.

이제 끝났구나, 라고 생각할 틈도 없었어. 그저 무서워서 눈을
감았지.

그래도 고통은 찾아오지 않았어. 아무리 기다려도 아무 일도 없
으니까 조심조심 눈을 떴더니.

있었어. 아렌이. 오르트로스의 이빨을 자기 팔로 막고 나를 지
키면서.

괜찮아? 라고 미소 짓는 그 얼굴이 지금도 선하게 떠올라.

오르트로스는 그 자리에서 해치웠지만, 아렌의 부상도 깊었어.

나는 몇 번이나 말했어. 왜 나 같은 걸 감싸다가 그렇게 다쳤냐고. 아렌은 난처하게 웃을 뿐이었어.

상처가 나을 때까지 아렌을 마을에서 돌봐주게 됐을 때…… 내가 자진해서 나서니까 다들 엄청 화냈었지.

처녀 혼자 사는 집에 어떻게 외간 남자를! 이라면서. 그래도 양보하지 않았어. 응, 양보하지 못했지.

촌장님과 어르신들을 마침내 꺾고 우리 집으로 아렌을 데리고 갔고…….

그래도 모험가는 대단해. 그런 상처로도 일주일이면 원래대로 돌아간다니.

그래서 일단 이별하게 됐는데…… 또 금방 아렌이 와줬어. 원래는 받지 않을 캐러밴 호위나 편지 배달 의뢰로…… 핑계를 만들어서 만나러 와줬어. 바로, 나를.

그래도 마을 안에서 만나면 그, 놀림받기도 하니까.

마을을 나가서 조금 걸으면 나오는 강가에서 이야기하는 게 어느샌가 암묵의 약속처럼 됐었어.

그러다가 프러포즈 받은 게 1년 전.

왜? 라고 물었더니 뭐라고 했는 줄 알아?

……뭐라고 했는 줄 알아?!

내가 없어지고 네가 또 그 집에서 혼자 살아갈 걸 생각하니까 견딜 수 없다, 너에게 그런 외로움을 느끼게 하고 싶지 않다, 래.

그래, 전부 기억해. 함께 손잡고 촌장님께 보고하러 갔지.

머리가 굳은 노인들도 마을의 은인이고, 믿음직하고, 건강한 젊은 남자가 나와 결혼한다면 더 바랄 게 없다고 허락해줬어.

다만, 아렌이 마을 전통을…… 소가죽 장갑을 제대로 만들 수 있을 때까지 정식 혼인은 보류. 그래서 아직은 나도 미혼이고 아렌도 수행 중이야.

대신 식은 거창하게 열어주겠다고 다들 말해줬어.

그래도 가장 기뻤던 건…… 결혼식 때만은 의절당한 친구를 마을로 불러도 된다고 허락해준 걸까. 아렌을 마을에 알선해준 사람도 다름 아닌 그 애였어. 나에게는 사랑의 천사니까 무조건 초대하고 싶었거든.

아렌도 모험가 시절 파티를 부르고 싶다고 했었어.

아, 그때는 린, 너도 와주면 기쁠 거야.

…….

오늘도 「놈」이 마을 근처를 어슬렁거린다.

"후……."

강을 건너지 못하는 「놈」이 우리에게 강을 건너지 못하는 「놈」이 우리에게 해를 끼칠 수 있을 리 없지만, 그래도 기분이 좋지 않고 무엇보다 비위가 상한다.

아침이 되어 물을 길으러 간 나는 그것을 봤다.

"에라잇, 다른 곳으로 꺼져!"

숨 막히는 상황을 견디다 못했는지, 남자들이 「놈」에게 활을 쐈다. 거의 맞히지도 못했지만—.

챙.

익숙하지 않은 소리가 들려서 나는 그쪽을 봤다. 「놈」이 있었다.

하지만 평소와는 다른 광경이었다. 「놈」이 무기를 들고 있었다. 날카로운 검이었다.

그것으로 날아든 것을 쳐냈다…… 두 동강 난 화살이 강에 퐁당 빠지는 소리가 들렸다.

"어……?"

이상하다. 지금까지 「놈」은 저런 짓을, 하지 않았다. 애초에 저 무기는 어디서?

지능이, 생겼어?

"쳇…… 안 통하는군."

하지만 활을 쏜 라미오 씨는 그다지 신경 쓰는 기색도 없이 그 자리를 떠났다.

나는 왠지 정체 모를 공포를 느꼈다.

이대로 놔두면 「놈」은 어떻게 될까.

"……"

우물로 가자 평소대로 부인들이 수다를 떨고 있었다.

방금 있었던 일을 누군가에게 전하고 싶어서 나는 달려갔다.

"저, 저기, 방금 저, 리빙—."

"어.머, 그라우 자— 자.니 "

"오 도 에 네. 점기.도 해.라"

"부 어—"

뭘까, 이 이질감은.

뭔가가, 이상한 느낌이 든다.

"어느샌가, 무기를 가지고—."

"느 생이 만아— 안—."

"아레레레레레렌마마마마아아아아아안."

"우.리 남 이—이이이, 이이이—. 이제그, 이, 아!"

등골이, 오싹했다.

대화가 통하지 않는다? 그럴 리가 없다. 다들 평소대로다. 평소대로.

다른 건 「놈」이다. 놈이 무기를 들고 있었다. 그리고 뭐지?

그래, 어제 **누가** 마을에 왔다.

누구였더라. 금색에, 녹색이, 예쁘고.

"어, 어라?"

기억이 안 난다. 그건, 누구였지, 언제? 어제? 그제?

"클라우나 씨?"

"힉, 앗?!"

내 비명 같은 목소리 때문에 뒤에서 말을 건— 아, 맞다. 왜 깜빡했지— 린은 두 귀를 막고 으에엑, 하며 신음했다.

"그, 그렇게 놀라실 것까지는……."

"미, 미안. 내가 그, 좀 피곤한가 봐."

"아뇨아뇨, 그건 괜찮은데…… 무슨 일 있었나요?"

"아, 그게, 맞아. 린, 들어줄래? 있잖아―."

「놈」이 화살을 무기로 쳐냈어, 그렇게 말하려고 했다.

할 수 없었다.

"아―."

말할 수 없었다. 그럴 때가 아니었다.

레스톤은 강으로 둘러싸였다. 그러니까 「놈」은 들어올 수 없다.

아렌은 분명히 그렇게 말했다. 그러니까 이건 뭔가 잘못됐다.

우우우우우우우.

불쾌한― 무척 불쾌한 신음.

뭘 호소하는지 모르겠다. 알고 싶지도 않다.

「놈」이 강이라는 벽 안쪽에 있는 모습을, 나는 보고 말았다.

어느새? 어떻게? 모르겠다. 다만, 하나 말할 수 있는 건.

이곳은 이제, 안전하지 않다.

"꺄―."

내가 비명을 지르기 전에 「놈」은 움직였다.

"클라우나 씨!"

린이 내 손을 잡고, 당겼다.

"앗…… 자, 잠깐만! 제발!"

「놈」은 우리를 신경 쓰지 않고 우물 옆에 있던 사람들에게 다가 갔다.

"아…… 안 돼—!"

내 절규를 들어줄 리 없었다.

「놈」이 치켜든 무기가 부인들을 향해 떨어졌다.

…….

「놈」은 쭉 강 건너에서 이곳을 보고 있었다.

「놈」은 쭉, 쭉 나를 보고 있었다.

「놈」은 쭉, 쭉, 쭉 나만 보고 있었다.

알고 있었다, 사실은.

그 공포를 억누르려고 보고도 못 본 척했을 뿐이었다.

…….

"꺼르르륵, 꺼륵, 꺼르륵."

"꼬르윽, 꼬륵컥."

"꺽, 쿠륵, 쿠국, 컥."

늘 보던 풍경, 평소대로 부인들이 수다를 떨고 있다.

"<u>끄르르르르르륵</u>……."

……평소대로.

물을 긷고 집까지 돌아간다. 매일 하는 작업을, 매일 한다.

평소대로, 평소대로, 평소대로, 평소대로.

집 앞에 도착했다. 뭔가 부족하다. 빠졌다. 상실감이 있다.

아무것도 바뀌지 않았다 아무것도 이상하지 않다 나는 평범나는정상나는아무것도아니야나는괜찮아.

"평소랑 똑같아. 그렇지, 아렌. 왜냐면⋯⋯."

"정말로 그렇게 생각하세요?"

목소리가 들렸다. 공기를 조용히 흔드는 목소리가.

돌아보자 소녀가 있었다. 금색 머리카락과 녹색 눈동자. 본 적이 있는 것 같은데? 아니, 안다. 나는 있다, 만난 적. 그녀를.

"⋯⋯린?"

"네, 린이에요. ⋯⋯미안해요, 클라우나 씨."

"왜, 왜 그래? 그런 얼굴로."

린은 사랑스러운 얼굴을 찌푸리고 눈시울에 눈물을 맺었다. 분한 얼굴이었다.

나는 그 표정을 잘 안다. 다름 아닌 나 자신이 몇 번이고 지은 적이 있다.

그건 뭔가를 이루려다가 실패한 사람의 얼굴이다.

"⋯⋯아직 늦지 않았다고 생각했어요. 평화롭게 해결할 수 있을 줄 알고⋯⋯ 미루고 있었어요. 이게, 이렇게 단번에 **진행**될 줄은 몰랐어요⋯⋯."

"⋯⋯무슨 이야기야?"

"당신이에요, 클라우나 씨. 당신이 아니면 안 돼요. **당신이 처음이었어.**"

"린, 잠깐 있어 봐. 못 알아듣겠어. 무슨 이야기야?"

"……미안해요."

린은 손에 든 지팡이로 바닥을 톡 찍었다.

지팡이 끝과 바닥이 닿은 면에서 뭔가가 둥실 퍼져 나갔다. 물에 돌을 던졌을 때의 파문이 공기를 타고 전해지는 감각이었다.

"어……라?"

그 바람이 내 몸을 스치고 지나갔을 때, 변화가 생겨 있었다.

눈앞이 깜깜하다. 그래도 의식은 명료하고, 머리에서 안개가 걷히는 느낌이었다.

"뭐야…… 이거? 린?"

정신을 차리자 이미 소녀는 어디에도 없었다.

"어디, 어디 갔어?! 린! 린!"

대답은 없었다. 이미 어디에서도 녹색이 보이지 않았다.

마치 다른 세계로 끌려온 기분이었다.

당황하면서도 이질감을 억누르며 나는 걸어갔다. 몸이 무겁다.

"누구 없어요? 아무나, 제발……!"

지푸라기라도 찾는 심정으로 광장으로 갔다. 우물에 가면 분명히 누가 있을 것이다.

있다. 세 부인. 시끄럽고, 참견하기 일쑤고, 그래도 살뜰한 사람들.

그 부인들은 평소대로, 평소대로…….

"꺼르르르르—."

"꼬르르륵."

"쿨 렁."

마주 보고 즐겁게 담소를 나눈다.

담소를 나눈다? 아니다. 저건 **시늉**이다.

그건 그렇다. 목소리가 나오지 않으니까. 저건 시늉 외엔 아무
것도 아니다.

그야, 얼굴 오른쪽 절반이 없으니까.

그야, 목에 구멍이 뚫렸으리까.

그야, 턱 아래가 썩어서 떨어졌으니까.

"아, 아아아아아아아아아아아……."

살이 떨어진 몸, 썩어서 빠진 눈알, 노출된 **뼈**.

죽었을 터인 인간. 움직이지 않을 터인 시체.

"아아아아아아아—!"

나는 달렸다. 무서웠다.

"안 돼, 안 돼애, 안 돼, 이게 뭐야, 왜, 대체 왜!"

부오오오오오오…….

부오오오오오오……

부오오오오오오……

추악하고 불쾌한 소리가 온 마을에 울려 퍼졌다.

"히익."

그건 사신을 여기로, 여기로 부르는 피리 소리처럼도 들렸다…… 하지만 아니다.

나는 이 소리를 안다.

다가간다. 소리가 난 방향으로. 몸이 마음대로 움직인다.

"……말도 안 돼."

나는 목장에 도착했다. 소들이 우렁차게 울고 있었다.

마을 사람들이 모두 돌보던, 레스톤을 지탱하는 보물 같은 소들.

부오오오오오오……

"아, 아아아……."

그들도 평등하게 썩어 있었다. 뿔이 깎여 떨어졌고, 코는 빨갛게 뭉개졌고, 피부가 문드러져 내장이 흘러나와 있었다.

그 소리는 목에 구멍이 뚫렸는데도 폐를 부풀리고 힘껏 토해내어, 공기가 새어 나가는 소리였다.

철벅철벅.

외양간 안쪽에서 시체 소들이 뭔가를 되새김질하고 있었다. 보고 싶지 않았다. 그래도 보였다.

쓰러져서 움직이지 않게 된 무언가다. 그것이 그들과 같은 소인지, 아니면 아는 누군가인지, 더는 판별되지 않는다.

알 수 없을 만큼 녹고 뭉개져 고깃덩이가 되어 있었다.

"왜, 이건 뭐야, 싫어, 싫어, 싫어어어어어어어어어어어어!"

어디에도, 내가 아는 것이 없다.

어디에도, 내가 아는 사람이 없다.

이곳은 레스톤이 아니다. 내가 있을 곳이 아니다.

부탁하니까, 구해줘.

그 소원을 들어주려고, 신이 보내주신 거다.

조용히 나에게 다가오는 그림자가 있었다.

"아—."

저건 라운 아저씨다. 저쪽에 있는 건 아들인 테로타.

사냥의 명수, 하일 할아버지와 딸 네우도 있다.

신발 가게 헌트 아저씨는 코부터 위쪽이 없었다.

아렌의 스승님인 그로드 씨는 배에 커다란 구멍이 뚫렸다.

옆집에 사는 라우로 부부는 목이 180도 돌아갔다.

모두 있다. 마을 사람이 모두, 모두 있다.

모두 있고, 모두 죽었다.

"꼬르르르르르륵."

"푸후욱, 후욱."

"그라 나."

"개 차."

"크륵."

썩어서. 뭉개져서. 죽어서. 움직여서. 부서져서. 살아있지 않다. 뼈가 보여서. 내장이. 눈알도. 죽었다. 다들. 나를 본다. 움직인다. 죽었는데 움직인다. 전부. 살려줘. 제발. 누가 구해줘. 오지 마. 여기로 오지 마. 제발, 제발요.

"아렌! 아렌! 아렌! 살려줘, 아악, 아아아악!"

그래도 아렌은 여기 없다.

쭉, 없었다. 있을 리 없다.

생각났다. 생각났다생각났다생각났다.

생각났다.

그야 아렌은, 이미.

◆

……우리가 레스톤에 도착하기 한나절 전의 일이었다.

"하크라."

린이 굳은 목소리로 앞서가는 나를 세웠다.

"왜?"

그 목소리에는 일절의 농담도, 장난기도 없었다.

"있어요. 정면 나무 뒤— 와요!"

그 말과 동시에『그 녀석』은 나를 향해서— 무시무시한 속도로 가는 봉 형태의 물체를 내질렀다.

"으, 위험하게!"

정확하게 미간을 노리고 날아든 일격을, 목을 옆으로 젖혀 간발의 차로 피했다.

인정하기 싫지만, 사전에『온다』라고 듣지 못했으면 아마 한 방에 갔다.

"우으으으으으으으— ."

나는 뒤로 뛰어서 거리를 두고 검을 뽑았다. 이 시점이 되어서야 겨우 상대의 모습이 보였다.

『그 녀석』은 2미터가 넘는 가느다란 창을 두 손으로 잡고 신음하는— 인간의 실루엣이었다.

하지만 도적이 아니라는 것은 한눈에 알 수 있었다.

한쪽 눈이 없었다. 몸의 피부는 대부분 짓물러 벗겨졌다. 옆구리가 크게 파여 내장이 흘러나왔다.

그리고 무엇보다 **심장이 없었다**. 어떻게 아느냐면, 뒤쪽 풍경이 보일 만큼 커다란 구멍이 나 있기 때문이었다.

……리빙 데드, 그것도 무기를 다룰 정도의.

"떠으, 어어어어, 저어어……."

숨소리에 섞여 목소리 같은 뭔가가 들렸다. 시체인데 우리를 향한 명확한 적의가 느껴졌다.

"하크라, 못 움직이게 해주세요!"

"어엉?! 어떻게!"

"팔다리를 하나씩 날리고, 목은 치지 말아요!"

"말은 쉽게 하네!"

죽었다고는 생각할 수 없을 만큼 『그 녀석』의 자세는 잘 다듬어졌다.

무기도 그렇다. 오래 쓰고 손질하여 손에 착 감긴다는 것을 한눈에 알았다.

"동업자군, 댁."

돌진 속도와 거리 재는 법으로 얼마나 많은 경험을 쌓았는지 헤아릴 수 있다…… 틀림없이 싸움에 이력이 난 자다.

"—칵!"

정답이다, 라고 말하는 듯한 날카로운 파고들기.

거기에 눈을 깜빡일 정도의 찰나, 뒤늦게 다가오는 창끝.

한 치 오차도 없이 내 오른쪽 가슴을 노리고 찔렀다.

"—아까워."

맞지 않는다…… 똑바로 눈으로 좇아 공격 궤도를 본 뒤, 몸을 옆으로 돌려 피했다. 몸이 돌아가는 힘 그대로 검을 휘두른다.

창자루 중앙을 절단하고, 그 여파로 내민 팔을 절단하고, 칼을 돌려 오른쪽 무릎 아래를 절단했다.

"댁이 만전의 상태였으면 더 좋은 싸움이 됐을 텐데."

생전의 기술과 장비를 사용하는 모험가 리빙 데드.

강적은 틀림없고, 위협적이라는 점도 변함없었다.

하지만 치명적으로 부족한 것이 있었다.

시체에는 《스피어》가 없고 근육도 엉망으로 끊어졌다. 생전의 속도와 위력이 나올 수가 없었다.

기습이라면 모를까, 정면에서 싸우면 식은 죽 먹기였다.

시간으로는 5초도 되지 않는 일순간의 공방을 끝내고, 한쪽 다리 외의 사지를 잃은 리빙 데드는 균형을 잃고 힘없이 넘어졌다. 이제는 땅에서 꿈틀대며 소리지를 뿐이었다.

"아아아아아아아아, 그 으 나!"

"아차— 이쪽도 움직일지 있나."

절단된 손이 창을 찾아서 땅을 파내듯 움직였다. 말로는 들었지만, 성가신 특징이다.

죽인 정도로는 죽지 않는 마물이라.

"고마워요, 하크라. 한 건 했네요."

린은 리빙 데드에게 다가가서 쭈그려 앉더니 그 얼굴 옆에서 지팡이로 땅바닥을 톡 찍었다.

"일단 물어나 보자, 뭐 하는 거야?"

"제정신으로 되돌릴 거예요."

톡, 톡, 린이 지팡이를 울릴 때마다 그 끝에 달린 커다란 보석이 희미한 빛을 뿜고 깜빡였다.

"제정신으로…… 되돌릴 수 있어?!"

내 눈으로 볼 때 **이건** 완전히 시체였다.

살았느니 죽었느니, 제정신이니 아니니, 그런 것을 검증할 단계
가 아니었다.

"리빙 데드는 생전의 움직임을 어느 정도 모방해요. 즉, **시체의
뇌를 사용한다**는 거죠. 이 정도의 창술이 아직 가능하다면 주관적
인 자아도 남아있을 거예요. ……이 사람은 **자신이 죽었다**고 깨닫
지 못했어요."

"우으으으, 으으으, 우으으으으으으으으으아아아."

린은 작업을 계속했다. 리빙 데드의 신음이 강해진다.

"뇌가 손상되긴 했으니까 사고는 단조로워지고, 여러 모순도 깨
닫지 못할 거예요. 대부분은 생전의 일과를 계속 되풀이하거나 집
착하는 것에서 떨어지지 않죠. 그래도 가장 성가신 건 이 상태가
되면 **다른 생물을 리빙 데드**로 인식한다는 점이에요."

"……무슨 뜻이야?"

"리빙 데드의 본체인 균사는 자신을 감염시키기 위해서 다른 생물
을 공격해요. 그럼 숙주에게 그걸 시키려면 어떻게 해야 좋을까요?"

"……적으로 보이게 하는 건가. ……보통은 도망가지 않아?"

"그런 이성을 제일 먼저 망가뜨리니까 귀찮은 거예요."

"즉, 이 녀석에게는 우리가 리빙 데드로 보였다는 말ㅡ."

"아뇨, 하크라만요."

"왜?!"

"저는 특별하거든요~! 그래서 이 사람이 말했잖아요, 『떨어져』
라고."

……듣고 보니 가장 먼저 나를 공격했고 린에게는 눈길도 주지 않았던 것 같다.

"……아, 그럼 뭐야. 이 녀석은 **내가 너를 덮친다**고 생각해서 공격한 거야?"

"그런 셈이죠. 이야, 귀여운 것도 죄네요."

"한 대 패도 되냐?"

린의 호위 의뢰는 승낙했지만, 린이 있어서 목숨을 위협받는 건 뭔가 아니지 않나.

"어쨌든 지금 그 왜곡된 인식을 바로잡는 중이에요."

"그게 나으면 어떻게 돼?"

"전생의 인격을 어느 정도 되찾을 거예요."

린의 말을 머릿속에서 반복하고 나는 고개를 갸웃거렸다.

"……야, 린, 그건."

내가 그 의문을 꺼내기 전에.

"……라우, 나……."

"……!"

리빙 데드가, 말했다.

"우으, 아아……."

그 녀석은 신음하면서 자기 갑옷 안쪽으로 손을 넣고 느릿하게 **그것**을 꺼냈다.

한 짝뿐인, 가죽으로 만든 장갑이었다. 그것을 꽉 움켜쥐고 또 잠시 신음한 뒤.

"너희, 는……."

"……맙소사."

쉬고 망가졌지만, 그건 나도 또렷하게 인식할 수 있는 남자의 목소리였다.

"……누구, 야? 나는…… 찾아야 해…… 레스톤으로…… 돌아가야……."

린은 쭈그려 앉아서 남자의 얼굴을 엿봤다.

"당신의 이름을 알려주세요. 무슨 일이 있었죠? 어째서—."

옆에서 들으면서도 생각했다. 그 질문은 너무 가혹하지 않은가.

하지만 그렇다고 막을 수는 없었다.

제정신으로 되돌리지 않고 이대로 매장하는 편이 이 남자에게 가장 큰 행복이라는 것쯤은 나도 알겠다.

"—당신은, 죽었나요?"

그래도 린은 무자비하게, 한때 살아있었던 시체에게 물었다.

▽

에스마로 갔던 아렌이 레스톤으로 돌아온 것은 며칠이 지난 뒤였다.

"꺄아아아아아아아아아아아아아아아아아!"

그것은 누구의 비명이었을까.

아침, 물을 길으러 가던 내가 본 것은 창으로 사람을 무차별적으로 찌르는 아렌이었다.

"오 오 오오오오오오―."

그게 정상적인 상태가 아니란 것은 한눈에 알았다. 가슴에 난 구멍으로 피가 줄줄 흘러내렸으니까.

그 구멍으로 살아있을 리 없다는 것을 알 수 있었으니까.

"아렌, 아렌!"

"안 돼, 클라우나! 죽고 싶어?!"

소리치며 아렌에게 향하는 나를 누군가가 필사적으로 붙잡았다. 그래도 나는 들었다. 듣고 말았다.

"오 오 오 오 크 라 우 나――."

내가 부르자, 믿기지 않게도 아렌의 모습을 한 그것은 대답해줬다.

대답하고, 말았다.

"죽여! 괴물을 죽여!"

누가 말했다. 남자들이 무기를 들고 아렌을 막으려고 달려들었다.

그래도 전직 모험가인 아렌의 창술은 단순한 마을 주민이 희생 없이 막을 수 있는 것이 아니었다.

창을 휘두를 때마다 누군가의 머리가 부서지고, 누군가의 가슴이 뚫리고, 누군가의 목이 찢어졌다.

그래도 다들 맞서 싸웠다. 마을을 덮친 재해에서 가족을, 친구를 지키기 위해.

"아아, 아렌, 왜, 왜……."

"마음은 이해하지만, 포기해! 저건 이미 아렌이 아냐! 마물이야!

괴물이라고!"

아렌에게 다가가려는 나를 누군가가 막았다. 나는, 절규했다.

—달려드는 이를 모조리 살해한 아렌이 나를 봤다.

—내 머리카락을 상냥하게 쓰다듬으며 바라보던 눈은 이미 한 쪽밖에 없었다.

—다정하게 미소 짓던 얼굴은 절반이 깎여 나갔다.

—달콤하게 사랑을 속삭이던 입에서 뼈가 엿보였다.

"아, 아······."

『왜』가 머리를 맴돈다. 『어째서』가 마음을 좀먹는다.

"밧줄, 밧줄 가져와! 못 움직이게 막아!"

"젠장, 작작 설쳐!"

"감히 아버지를—!"

싸움은 격화되었다. 모두 하나같이 필사적이었다.

"클라우나, 너는 도망쳐! 마을 뒤편으로 가서 강을 건너! 그러면······."

도망칠 수 있다, 라고는 말하지 못했다. 나를 붙잡아 두던 신발 가게 헌트의 코 위쪽이 날아가 있었다.

솟구치는 피가 내 얼굴을 더럽혔다.

어느샌가 리빙 데드가^{아렌} 내 앞에 있었다.

"놔, 아."

그리고.

"놔…… 클라우나— 놔, 아—."

내 이름을, 다시 불렀다. 그건 아마 나밖에 듣지 못했다.

"헌트! 젠장!"

"클라우나한테서 떨어져!"

"아렌!"

이름을 외치면서 뛰어든 사람을 아렌은 주저 없이 꿰뚫었다.

"쿨럭, 멍청한, 자식……!"

내장이 관통당했는데도 아렌에게 매달려 움직임을 막았다.

나도 잘 안다. 아렌에게 가죽 세공을 가르치는 스승이었다.

"그로드가 잡았다!"

"지금이다! 죽여! 죽여—!"

천재일우의 기회였다. 목숨을 걸고 움직임을 막은 그로드 씨 위로 무기를 든 주민들이 달려들었다.

아렌이 여전히 모험가였다면…… 싸움이 안 됐을 것이다. 하지만 지금 그에게는 《스피어》의 가호가 없었다. 구속된 상태에서 저 인원이 달려든다면.

아렌은, 틀림없이 죽는다.

"—윽!"

내 몸은 반사적으로 움직였다. 그로드 씨에게 매달려 몸을 떼어내려고 했다.

"악— 클라우나! 뭐 하는……!"

"그만해! 아렌이야! 그건 아렌이야! 죽이지 마— 꺅!"

내 이성이 돌아오기 전에 누군가의 주먹이 나를 날려 버렸다.

"이게 진짜 미쳐— 커헉."

나의 그 미미한 저항은…… 아렌을 해방하는 한순간의 틈을 만들기에는 충분했다.

해방된 아렌을 막을 자는 이제 아무도 없었다.

도망치려던 여자들도 도개교가 어느샌가 올라가 있어서 강을 건너지 못했다.

아렌은 한 명씩 확실하게, 정성스럽게, 모두에게 창을 꽂아 넣었다.

그리고 나에게, 다가왔다.

"클라 우 나 어 디."

"아렌."

나는 아렌의 발에 매달렸다. 체온 따위 전혀 느껴지지 않았다.

너무, 차갑다.

"아렌, 아렌, 아렌—."

"클라우나……."

아렌은 몸을 숙여 내 어깨를 잡았다. 눈이 맞았다. 탁한 눈동자 안쪽에는 아무런 빛도 비치지 않았다.

"아레——."

"어디 클라 우 나."

목이, 타들어갔다.

그렇게 느낄 만큼 내 목을 파고든 이는 뜨겁고, 아팠다.

그렇다, 아렌이 돌아온 날, 나는.

나는 이미.

나는.

…….

"클라우나 씨."

퍼뜩 정신을 차리자 내 앞에 녹색이 있었다.

"안녕하세요, 정신이 드나요?"

그 색을 보자 무슨 영문인지 마음이 차분해졌다.

신기하게도 나는 그것을 받아들이고 있었다.

그녀의— 린의 질문이 무슨 의미인지 나는 잘 알고 있었다.

아아, 그래. 쭉 나쁜 꿈을 꾸고 있었다.

결코 행복하진 않았다. 왜냐면 그 꿈에는 아렌이 없으니까.

"……응. 기억 나 씨, 전 부."

그게 내 목소리인 줄 알 수 없을 만큼 끔찍한 소리가 내 목에서 흘러나왔다.

목이 썩어 가니까 당연했다. 분명 정상적인 부위는 어디에도 없다.

머리와 시야만 명료한 것이 도리어 신기했다.

"……린, 나는, 죽어지?"

"……네, 맞아요. 클라우나 씨는, 아니—."

한 번만 린은 고개를 가로저었다.

"레스톤은 전멸했어요. 한 명도 남김없이, 한 마리도 남김없이, 리빙 데드가 됐어요."

이 지경에 이르러 그것을 부정할 마음도 없었다.

레스톤은 죽은 자의 마을이었다. 죽은 자들끼리 서로 살아있다고 착각하고, 죽어있으면서 생활했다.

언제부터 그렇게 됐을까.

"……린, 왜 너는, 나한데, 와써?"

그녀에게 우리는 시체였을 것이다.

그사이에 당당히 홀로 들어와서 틀림없이 나와 며칠을 함께했다.

왜 이 아이는 레스톤에 왔을까.

"이유 중 하나는 클라우나 씨, 당신이 아니면 그들을 막을 수 없기 때문이에요."

"……?"

"당신이 주민^{리빙 데드}들에게 한마디, 더는 움직이지 마라, 잠들어라, 라고 명령하면 그들의 기능이 멈춰요. 마을 밖으로 나가서 피해가 확대되는 걸 막을 수 있어요. 그게 가능한 사람은 클라우나 씨, 당신뿐이에요."

말뜻을 이해할 수 없었다. 왜 내가?

"……그리고 하나 더."

그 의문에 린은 대답해주지 않았다. 대신 로브 안쪽에서 그것을 꺼냈다.

흙과 피로 더러워진 둥근 가죽 세공. 엉성하게 꿰맨 실 자국이
보였다.

"아……아……?"

나는 그것을 안다. 늘, 늘 갖고 싶었던 것. 소중한 것.

나와 그 사람의, 미래를 위해 필요했던 것.

"아렌 씨에게서, 맡은 거예요."

해답은 린이 알려줬다.

"아, 렌, 아렌…… 아렌, 아렌……."

"……전언이 있어요. 『돌아가지 못해서 미안. 그곳에서 기다릴게』."

"……기다, 려……?"

"우리가 묻어드렸어요. 클라우나 씨가 원한다면 같은 곳에 눕혀
드릴게요."

아아.

나는 가죽 세공 부적을, 꽉 쥐었다.

돌아와줬다, 나에게로.

만약 내가 죽지 않았다면 눈물을 흘렸을 텐데.

왜 나는 살아있지 않을까.

"아렌은, 이미, 없구, 나……."

"……."

"……그걸, 전하려 고, 너는, 와 줬구 나."

머리에 뿌연 안개가 끼기 시작했다.

분명 내가 나로 있을 수 있는 시간은 이제 길지 않다.

꾸물꾸물, 뭔가가 외친다. 먹고 싶다.

"이, 마을에서, 무슨, 일이 있어, 는지, 나는, 몰라, 아렌에게, 무슨 일이, 이서는지."

그래도 나는 받아들이고 말았다.

내가 죽었다는 것을 받아들이고 말았다.

그래서 그걸로 슬프거나 울고 싶다고는 생각은 신기하게도 들지 않았다.

내가 지금 바라는 건 하나뿐이었다.

아렌을 만나고 싶다.

곁에 있고 싶다.

그것 외에는 더 바라지 않는다. 바랄 수 없다.

나는 내 욕망대로 사람을 죽이고 말았으니까.

하지만 적어도 그것만은.

"어떠게, 하면, 돼?"

"목소리를, 내주세요."

"목소리……?"

"잘 자세요라고."

"……."

나는 린이 내민 손을 잡고 일어났다. 형태를 유지하지 못한 다리가 우득 소리를 냈다. 그런데도 통증은 전혀 없었다.

"—린!"

남자의 목소리가 쩌렁쩌렁하게 울렸다. 엄청난 속도로 달려서 린 옆까지 일직선으로 다가왔다. 백발에 붉은 눈…… 어디선가 본 것 같은.

"하크라, 어때요?"

"최대한 모아오긴 했는데, 야."

하크라, 라고 불린 청년은 거칠게 숨을 내쉬며 자신이 달려온 방향을 돌아봤다.

"진짜 어떻게든 되는 거 맞지?!"

……아. 아아.

모두 있다. 있다, 있다. 찾아온다.

마을을 지키기 위해, 다들 힘을 합쳐서.

재해를 물리치기 위해서, 적을 쫓아 모인 게, 분명하다. 하다.

"아아아……."

◆

며칠 동안 강 건너편에서 리빙 데드가 배회하는 마을을 감시했다.

린이 홀로 쳐들어가는 바람에 마음은 불안하고, 썩은 내도 진동하고, 기분 나쁜 울음소리까지 들려서 솔직히 정신적으로 상당히 피폐해져 있었다.

매일 나에게 화살을 쏘는 녀석이 있는 것도 귀찮았다.

린이 하는 말이 확실하다면 마을 주민에게 나는 리빙 데드로 보일 테니까 그야 경계하고 공격도 할 것이다.

어차피 못 맞힌다고 우습게 보다가 직격할 뻔해서 무심코 검을 뽑기도 했지만, 그건 조용히 넘어가자.

겨우 돌아온 린이 다음으로 내게 한 지시는 마을을 뛰어다니며 리빙 데드가 **움직일 수 있을 정도로** 한 대씩만 치고, 최대한 많이 끌어모아서 도망치라는 것이었다.

"주문이 왜 이렇게 까다로워, 그 여자!"

『흐음, 그래도 최선책이긴 하군.』

"그 최선책에 내가 죽는 건 포함되지 않겠지!"

『그건 당연하다.』

슬라임도 통통 튀며 나를 따라와 주민들의 다리를 붙잡아 넘어뜨려줬지만, 수가 너무 많았다.

주민에 소 같은 가축까지 더하면 가볍게 200 이상은 공격했다.

성가시게도 한 번 자극하면 영원히 쫓아오고, 속도는 느리지만 수가 많아서 쉴 틈이 없었다.

지정한 합류 장소에 간신히 도착한 나는 후방에서 쫓아오는 모든 주민의 시체 무리를 보고 무심코 소리쳤다.

"진짜 **어떻게든 되는 거 맞지?!**"

"네, 괜찮아요."

"그 괜찮아는 믿어도 되는 거지?"

"물론이에요, 아마."

"아마를 붙이지 마!"

린의 옆에 있는 리빙 데드…… 다른 주민과 비교하면 비교적 손상이 적은 여자였다. 이 녀석이 아마 **아렌의 약혼자**겠지.

"—사이, 좋구 나."

"……?!"

믿기지 않게도 그 리빙 데드는 의미가 담긴 말을 하고 나지막이 웃었다.

그 반응 자체를 예상하지 못한 나는 아무 말도 꺼내지 못했다.

"소중히, 해…… 리인, 고마 워 ."

줄줄이. 우글우글. 느린 걸음걸이로, 하지만 확실하게 다가오는 사자의 무리 앞으로 그녀는 걸어 나갔다.

"린……."

"조용히, 하크라."

조용히 하라면 입을 다물 수밖에 없다.

"—미안, 해요, 여러분, 나, 때문, 에."

아아아아으아아……아아아아아아아…….

아으으아아, 아아아——아아아아아아.

아……아아으으으어어아아아아아아아아아아아아.

사자들의 신음이 대답이었다.

원망인가, 부정인가, 찬동인가.

나는 알 수 없었다. 린이라면 알 수 있을까.

"……잠듭, 시다…… 우리는, 이미……."

죽었으니까.

그녀가 그렇게 고한 순간, 주민들에게 변화가 일어났다.
모래성이 무너지듯 한 명씩 한 명씩 털썩털썩 쓰러져 갔다.
부오, 라는 마지막 울음소리를 남기고 소 사체도 움직임을 멈췄고.
그리고 시체만이 남았다.
움직이는 것은 없다. 움직여서는 안 된다.
그게 죽는다는 것이다.
 그녀는 1분 가까이 선 채로 움직이지 않았지만, 문득 그 입이 열
렸다.

"아렌이."
"네."
"있는 곳으로."
"네. 가요, 클라우나 씨."
"만나 고 싶어."
"만날 수 있어요, 이제 곧."
"너, 누구?"

"자, 따라오세요."

"응……."

린은 썩어 문드러진 그 손을 망설임 없이 잡고, 걸어갔다.

에필로그

【아렌 에스마와 클라우나 레스톤, 영원히 잠들다.】

레스톤에서 한 시간 정도 걸은 곳, 숲을 가르는 강가.

아렌 씨와 만난 곳에 두 명을 묻고 적당한 돌에 그 글귀를 새겨 매장을 마쳤다.

두 사람은 옆으로 나란히 서서 잠시 묵념했지만, 곧 애송이가 침묵을 깼다.

"정답은 알려주는 거겠지?"

"음, 하크라의 의문이 무엇인지에 따라서요."

"이 의뢰의 근본부터. 왜 주민이 전부 리빙 데드가 됐어?"

"반쯤 추측이라도 괜찮다면, 일단 설명은 가능해요."

"그거라도 괜찮으니까 해줘. 아렌의 말만으로는 전혀 모르겠어."

애송이가 쓰러뜨린 리빙 데드— 아렌 씨는 제정신을 되찾은 후 이렇게 말했다.

(부탁한다. 클라우나를 도와줘. 레스톤 마을에 있는, 약혼자.)

(이걸, 건네주고, 돌아가지 못해서, 미안, 이곳에서— 기다릴게—.)

제대로 들린 말은 결국 그 두 마디뿐. 아렌 씨는 그대로 움직이지 않게 됐다.

하지만 아렌 씨가 남긴 유품 중에는 《의뢰 발주서》가 있었다.

길드에 가지고 가서 모험가에게 《퀘스트》를 발주하기 위한 서류다.

거기에는 레스톤 촌장의 이름과 그것이 진짜라고 보증하는 수 명의 이름. 그리고 마지막에 전달자인 아렌 씨의 이름이 적혀 있었다.

"에스마 길드에 보내려던 《퀘스트 오더》예요. **들개 리빙 데드**가 마을 주변을 어슬렁거리니까 적절하게 처리해달라는 내용이죠."

"그건 나도 봤어."

"우선…… 처음 리빙 데드가 된 사람은 아렌 씨예요. 레스톤에서 에스마로 가던 중 퇴치 대상인 들개 리빙 데드에게 습격받아 사망, 감염되고 말았죠. 아렌 씨는 이미 은퇴해서 《스피어》를 길드에 반납한 뒤라 아마 저항하지 못하고……."

아씨의 설명에 애송이의 눈썹이 한순간 까딱 움직였다.

"그리고 리빙 데드가 된 아렌 씨는 생전 집착하던 것을 찾는 본능에 따라서 레스톤으로 돌아갔어요. 아렌 씨의 미련은 아시다시피 클라우나 씨고요."

"……죽기 전에 난생처음 본 나한테 부탁할 정도니까."

"그래도 리빙 데드의 눈에는 **산 자가 죽은 자로, 죽은 자가 산 자**로 보여요. 그러면 아렌 씨에게는 이렇게 보였겠죠— 사랑하는 사람이 사는 마을에 무수한 리빙 데드가 배회한다."

"그럼…… 주민을 학살한 건 아렌인가."

"네. 그 과정에서…… 클라우나 씨도 돌아가셨어요."

"……그럼 다음. 어떻게 클라우나가 리빙 데드들을 멈춘 거야?"

그 질문에 아씨는 잠깐 입을 다물었다.

끙끙 앓는 소리를 내는 것을 보아 자신도 살짝 납득하기 어려운 눈치였다.

『아씨, 가설이면 충분하다. 나도 알고 싶군.』

"으…… 알았어요. 이건 리빙 데드의 성질 중 하나인데요…… 동일한 균에서 번식한 개체는 감염원에 가장 가까운 개체가 통솔할 수 있어요."

"……버섯에 자아는 없다고 하지 않았어?"

"자아가 아니라 습성, 본능이에요. 개미나 벌 같은 사회성 곤충에 가까울까요? 움직이는 물체를 전부 본능대로 물어뜯으면 동족상잔이 이어지잖아요."

"아, 그런가."

"그래서 상위 개체가 찾은 사냥감에 우르르 몰려오는 거예요. 하크라에게 미끼 역할을 부탁한 건 그런 이유죠."

"그 녀석들에게 나는 정말로 음식 취급이었나……."

"감염원인 아렌 씨. 그리고 아렌 씨에서 클라우나 씨, 클라우나 씨에서 주민들…… 순서대로 균사에 감염됐겠죠. 그래서 마을에서 서열이 가장 높은 개체가 클라우나 씨였던 거예요."

"……최악이군."

"최악이죠……. 불행 중 다행인 건 클라우네 씨의 머리가 무사해서 사고할 수 있는 수준으로 남아있었던 점이에요. 만약 그러지 못했다면—."

주민들을 멈추지 못했다. 정말로 마을째 불살라 정화하는 수밖에 없었으리라.

아씨가 질색하는 교회의 방식이 최선책이 되는 건 무슨 아이러니일까.

"그러니까 이제는…… 원흉인 들개 리빙 데드를 찾아야겠어요. 아렌 씨가 말을 탔으면 그것도 감염됐을지도 모르겠네요."

아씨는 할 일이 아직 남았다고 일어서려는데.

"린."

애송이가 그 손을 잡았다.

"꺅! 뭐, 뭐예요?"

서로 농담도, 경도의 폭력도 편하게 주고받는 사이지만, 이런 신체 접촉은 의외로 하지 않는다. 남자의 힘에 손을 잡힌 아씨가 어울리지 않는 소리를 질렀지만.

"……."

애송이는 다른 쪽 손을 턱에 댄 채 두 사람의 묘를 응시했다.

"하, 하크라?"

당황한 아씨에게, 마침내 입을 연 애송이가 꺼낸 말은.

"납득이 안 돼."

명확한 분노를 품고 있었다.

"납득…… 뭐가요?"

아무리 아씨라도 그것을 농담으로 흘려버리지는 않았지만, 내가 보기에도 신기할 만큼 표정에 당혹스러움이 번져 있었다.

"나는 실제로 싸웠으니까 잘 알아. 아렌의 창 솜씨는 상당해. 지식과 기술을 겸비한, 건실한 모험가야. 네가 지시하지 않았다면 아마 나는 첫 공격에 머리를 뚫렸어. 고마워."

"어, 아니, 아뇨아뇨아뇨, 뭘 그런 걸로."

웬일로 고분고분 감사하는 애송이, 갑자기 칭찬받아 들뜬 아씨.

한순간 분위기가 느슨해지지만, 금방 긴장감이 돌아왔다.

"그래, 《스피어》를 잃고 리빙 데드가 된 상태에서도 그런 창술이 가능한 남자야, 아렌이라는 인간은. 그런 인간이 몇 번이나 몇 년이나 왕복했던 길에서, 나온다는 걸 뻔히 아는 들개한테 당하는 얼간이라고는 도저히 생각할 수 없어."

그건 입장과 적성이 다른 아씨는 알아차리기 힘든 부분이었다. 그래서 애송이도 딱히 탓하는 어조는 아니었다.

"그렇게 말씀하셔도…… 실제로 그렇게 됐잖아요."

모험가를 은퇴해도 몸에 밴 움직임까지는 잊지 않는다. 아렌 씨와 잠깐이나마 칼을 맞댄 애송이는 그 경험으로 실력을 가늠한 모양이었다.

그에 비해 아씨는 직접 상대와 싸우지 않는다. 경험의 양과 체감은 애송이에게 한참 미치지 못한다.

"으, 음……."

『애송이, 무슨 말이 하고 싶지?』

내 말투도 조금 강해졌지만, 이건 결론을 뒤로 미루며 에두른 표현을 쓰다 보면 아씨의 짜증이 급격하게 쌓이기 때문이다.

"왜 우리는 아렌과 마주칠 수 있었지?"

"……네?"

질문의 의미를 모르겠는지, 아씨는 고개를 갸웃거렸다.

"리빙 데드는 생전의 행동을 모방하거나 **집착한 것을 찾는다**고 했지?"

"그, 그랬죠. 사고가 단순해지니까요……."

"그럼 아렌은 클라우나가 있는 레스톤을 떠나지 않았겠지?"

"어……?"

리빙 데드가 된 아렌 씨가 레스톤으로 돌아와 참극을 일으킨 것은 약혼자인 클라우나 양을 찾기 위해서였다.

실제로 비극이 일어난 이상, 둘이 만났다는 것은 틀림없다.

그렇다면 모두 죽은 후, 아렌 씨가 마을 밖으로 나올 이유가 없다.

그의 집착은 이미 그곳에 있으니까…… 그렇다면.

클라우나 양 이상으로 그를 움직이게 한 집착이란 대체 뭘까?

"……아렌은, 장갑을 가지고 있었지."

"아, 네. 클라우나 씨를 위해서 만들던, 가죽 장갑이라고 들었어요……."

"한 짝뿐이었어."

애송이의 말투는 단정적이었다.

아씨의 손을 잡은 채 애송이도 일어났고…… 선혈 같은 붉은 눈동자로 간이 묘지를 노려봤다.

아렌 씨가 아씨에게 맡긴, 클라우나 양에게 건네기 위한 수제 가죽 장갑.

지금 막 두 사람과 함께 묻어주고 애도한 직후지만.

"장갑은 보통 두 짝이 한 쌍이잖아."

레스톤의 풍습, 남녀가 맺어지기 위해 필요한, 남편이 될 남자가 만드는 장갑.

그 한쪽을 누가 가져갔다면, 죽은 자가 헤매는 미련이 될 수 있지 않을까.

"이봐, 린. 한 번 더 물을게."

아씨는 마물 전문가, 세계에서 유일한 「마물을 부리는 아이」다.

마물의 생태를 오해하는 경우는 있을 수 없다. 그건 내가 단언할 수 있다.

그런 아씨가 얻은 지식과 능력으로도 예상할 수 없고, 예측할 수 없는 생물이 있다.

마물이 아니고, 논리보다 감정을 우선하며, 항상 저울질의 한쪽에 올리는 것.

역대 「마물을 부리는 아이」들이 그랬듯이 **아씨가 애송이를 골라**

함께 하기로 결심한 이유.

즉, **인간**이다.

애송이의 눈 안쪽에 탁한 빛이 깃들었다.

확신을 품고, 숨김없는 적개심으로, 죽일 상대를 정한 자의 얼굴.

오오, 그렇다. 애송이는 처음부터 그 존재를 의심하고 있었다.

마녀의 흔적을 놓치지 않고, 마녀의 존재를 놓치지 않고, 노리고, 겨냥하고, 붙잡아 사냥하는 자.

"정말로 **이 사건에 마녀가 연관됐을 가능성은 없어?**"

「위치 헌트」.

애송이는 어쩌다 보니 그렇게 불리게 됐다고 말했지만.

뭔가를 죽이고 살아가는 길을 자신의 의지 없이 걸을 수 있을 리 없다.

"내 트집이면 됐어. 아렌은 정말 실수로 들개한테 당했을지 모르고, 장갑은 한쪽이 아직 완성되지 않았을 뿐일지도 몰라."

아씨는 대답할 수 없었다. 그 예상을 정면에서 부정하는 말을, 아씨는 아직 가지지 못했다.

"그래도 만약 누가 아렌을 죽이고 장갑을 가져가서 리빙 데드로 만들었다면—."

누가 명확한 적의로 아렌 씨를 살해했다면.

누가 명확한 적의로 레스톤을 멸망시켰다면.

"나는 그 녀석을 용서하지 않아— 이 사건은, **아직 안 끝났어.**"

「태초의 마녀」의 자손이자 당대 「마물을 부리는 아이」인 아씨.

「마녀의 정원」에서 태어나 「위치 헌트」의 업을 짊어진 애송이.

이 만남이 옳았을까. 이 시점에서 우리에게는 아직 알 길이 없
었다.

▽

문득 눈을 뜨자 나는 강변에 서 있었다.

"응?"

여기는— 아, 그렇지. 항상 아렌과 만나던 곳.

"클라우나."

뒤에서 목소리가 들려 돌아봤다.

어떻게 된 일인가.

왜 이렇게나 가슴이 뛸까.

왜 이렇게나 사랑스러운 기분이 솟아날까.

왜 이렇게나 몸을 불태우는 듯한 외로움으로 가슴이 가득 찰까.

"앗, 아렌."

"미안, 기다렸지?"

"딱히 기다리진 않았어. 그럼, 기다리긴 누가 기다려."

거짓말이다, 쭉 기다렸다.

당신과 만나고 싶었다.

"……아렌."

"왜, 클라우나."

나는 아렌에게 손을 내밀었다.

"당신을 사랑해. 쭉, 설령 당신 손에 죽더라도, 사랑해."

"나도야, 클라우나. 너를 사랑해. 설령 죽어도 너를."

그 말만으로 아아, 분명히 나는—.

지옥의 밑바닥에 떨어지더라도, 구원받는다.

■ 작가 후기

제2회 드리컴 미디어 대상.

영광스러운 대상을 수상했다고 메일이 왔을 때, 흥분한 심장을 달래면서 제 뺨을 강타했습니다. 아팠으니까 꿈은 아니었나 보네요.

처음 뵙겠습니다. 아마토 다무입니다.

원래 작가명은 이모티콘이었으나, 수상 시에 이름을 읽을 수 없으니까 바꾸자고 하시더라고요. 그야 그런가.

이번에는 졸작 『마물을 부리는 아이』를 구매해 주셔서 감사합니다.

여기까지 봐주시는 분들은 아시겠지만.

네, 그렇죠.

뭔가…… 좀 찝찝하게 끝난다고 해야 하나요? 네, 다음 화에 계속 같은 느낌으로 끝났죠!

이게 다 이유가 있습니다. 제가 사실 동인 활동으로 소설을 집필했었거든요.

이벤트마다 책을 내고, 한 권으로 정리되지 않으면 상하권으로 분할하고, 배포해서 시간이 좀 지나면 『소설가가 되자』에 투고해서 계속 쓰고…… 나무랄 사람도 없어서 계획성 없이 갈겨쓴 결과, 동인판『마물을 부리는 아이』도 상하권 편성이 됐었습니다.

이번에는 상업 작품으로 세상에 내놓게 되었지만, 신인의 첫 번째 작품이 상하권 구성인 건 무리가 있지……라고 생각하여 편집자 I씨에게 문의했습니다.

"아무리 생각해도 1권에 다 안 들어가는데 어떻게 하죠?"

"상하권으로 나누는 방식을 생각 중입니다."

오오…… 드리컴이라는 기업은 각오하고 있었나 보구나…….

그럼 나도 각오를 다져야지…… 그런 이유로 내용이 나뉘게 되었습니다. 다음 권도 잘 부탁드립니다.

여기서부터는 감사 인사입니다.

수상부터 출판까지, 업계에 첫발을 들인 햇병아리를 친절하게 이끌어주신 담당 편집자 I님. 감사합니다. PV 수록 견학 후에 지나가는 투로 말씀하신『점포 특전 SS가 열 개입니다』라는 한마디는 영원토록 잊지 못할 겁니다. 앞으로도 잘 부탁드리겠습니다.

하크라와 린, 아오의 모습을 그려주시고 새로운 여행에 색을 입혀주신 일러스트 담당 시라비 님. 일러스트를 맡아주신다는 연락을 받았을 때의 충격은 평생 잊지 못할 것 같습니다. 아름다운 일러스트들을 그려주셔서 감사합니다.

본 작품의 원형인 동인판을 지지해주신 소하 님, 하이쿠 님. 지금 이 이야기가 있을 수 있는 것은 두 분의 힘이 있었기 때문입니다. 예~이 보고 있어~?

PV, 보이스 드라마에서 주인공 3인조에 생명을 불어넣어 주신 이와미 마나카 님, 코바야시 치아키 님, 오오츠카 아키오 님.
제 머릿속 공상이 현실로 구현되는 기분이었습니다. 실제로 연기하는 모습을 견학하게 되어 영광입니다.

그밖에 수상을 축하해 준 가족과 친구, 인터넷 게시판 시절과 PBW 마스터 시절부터 응원해 주신 여러분, 이 책을 내기 위해 힘써 주신 드리컴 미디어 여러분, 그리고 다시 한 번 이 책을 구매해 주신 독자 여러분, 같은 말을 반복하는 것 같지만 정말 감사합니다.

안녕이 아니라 또 보자! 라고 계속 말할 수 있도록, 앞으로 시작할 하크라와 린의 모험에 오래오래 어울려주시면 감사하겠습니다.

참고로 다음 권부터 아무도 모르는 이야기가 시작됩니다. 진심으로??

마물을 부리는 아이 1

초판 1쇄 발행 2026년 2월 20일

지은이_ Damu Amato
일러스트_ shirabii
옮긴이_ 김장준

발행인_ 최원영
본부장_ 장혜경
편집장_ 김승신
편집진행_ 권세라 · 최혁수 · 김경민 · 최정민
편집디자인_ 양우연
국제업무_ 박진해 · 조은지 · 이지현 · 박지현
관리 · 영업_ 김민원 · 조은걸

펴낸곳_ (주)디앤씨미디어
등록_ 2002년 4월 25일 제20-260호
주소_ 서울시 구로구 디지털로 32길 30, 코오롱디지털타워빌란트 1301-1308호
전화_ 02-333-2513(대표)
팩시밀리_ 02-333-2514
이메일_ lnovellove@naver.com
L노벨 공식 카페_ http://cafe.naver.com/lnovel11

ISBN 979-11-278-8700-1 04830
ISBN 979-11-278-8699-8 (세트)

값 11,000원

전멸 엔딩을 죽기 살기로 회피했다. 파티가 병들었다. 1권

아메리아 지음 | Kodamazon 일러스트 | 박춘상 옮김

일본에서 전생한 모험가 윌카.
던전을 탐색하다가 강대한 마물이 갑작스레 습격하자
그는 동료를 지키려다가 치명상을 입는다.
그 순간 비로소 깨달았다―.
여긴 전생 때 읽었던 다크 판타지 만화 속 세계이고,
자기 자신은 동료와 함께 전멸을 당하는 모브 캐릭터였다는 사실을.
배드 엔딩을 질색하는 윌카는 동료를 위해 죽기 살기로 싸워서
기적적으로 마물을 격파한다.
한쪽 눈과 다리를 잃긴 했지만, 파티가 전멸당하는 운명을 뒤집고서 안도한다.
그런데 동료 소녀들의 상태가 점점 이상해지는데―.

**해피엔딩 지상주의 전생자와 그에게 무거운 감정을 품은 소녀들의
【피폐물】이세계담, 개막!**

라이트노벨의 새로운 빛! L북스의 신간은 매월 20일에 발매됩니다. http://cafe.naver.com/lnovel11

마술사 쿠논은 보인다 1~3권

미나미노 우미카제 지음 | Laruha 일러스트 | 박춘상 옮김

눈이 보이지 않는 소년 쿠논의 목표는 물 마술로 새로운 눈을 만드는 것이다.
마술을 배운 지 불과 5개월 만에 교사의 실력을 뛰어넘은 쿠논은
역사상 최초의 도전에 임하면서 그 재능을 더욱 꽃피운다!
마력으로 주변 색깔을 감지하거나, 물 마술을 응용하여 손난로나 파스를 개발하거나,
초급 마술만으로 고양이를 재현하거나—.
그 기술과 상상력은 왕궁 마술사조차 혀를 내두를 정도였다.
마술 실력을 높이 평가받은 쿠논은 최고의 실력을 지닌 마기사의 제자가 되는데?!

호기심으로 세계를 개척해나가는 천재 소년의 발명 판타지!

라이트노벨의 새로운 빛! L북스의 신간은 매월 20일에 발매됩니다. http://cafe.naver.com/lnovel11